AF724722

8 Z 13342 (37)

Paris

1894

Hoffmann

Mademoiselle de Scudéry

AMERTENS REL

8° Z 13342 (37)

ITE BIBLIOTHÈQUE DIAMANT

HOFFMANN

MADEMOISELLE DE SCUDÉRY

CHRONIQUE DU TEMPS DE LOUIS XIV

7924.

PARIS

L. BOULANGER, ÉDITEUR

90, BOULEVARD MONTPARNASSE, 90

Dépôt Légal
No. 24....
1894

MADEMOISELLE DE SCUDÉRY

8° Z
18842 (37

SCEAUX. — IMPRIMERIE CHARAIRE ET Cie.

HOFFMANN

MADEMOISELLE DE SCUDÉRY

CHRONIQUE DU TEMPS DE LOUIS XIV

PARIS
L. BOULANGER, ÉDITEUR
90, BOULEVARD MONTPARNASSE, 90

MADEMOISELLE DE SCUDÉRY

I

MINUIT allait sonner, — c'était dans l'automne de l'année 1680, — quand un coup violent frappé à la porte fit retentir toute la petite maison qu'habitait, rue Saint-Honoré, Madeleine de Scudéry, mise en réputation par ses œuvres littéraires, qui lui avaient acquis l'amitié de Mme de Maintenon et la faveur de Louis XIV.

Baptiste, qui dans le ménage de la vieille demoiselle remplissait les triples fonctions de cuisinier, de laquais et de portier, étant allé à la campagne — avec la permission de sa maîtresse — pour assister au mariage de sa sœur, il ne restait au logis que la femme de chambre nommée La Martinière, qui n'était pas encore couchée, mais n'avait nulle envie d'ouvrir malgré les coups de marteau qui se succédaient à la porte, car on parlait beaucoup à cette époque de vols et d'assassinats qui se commettaient dans Paris, et, se souvenant que l'absence de Baptiste la laissait seule avec sa maîtresse, elle s'imagina que c'était une bande de malfaiteurs informés de l'état du logis, qui essayaient de s'en faire ouvrir la porte pour mettre à exécution quelque mauvais dessein sur Mlle de Scudéry et sur elle-même.

Tremblante de frayeur, elle resta immobile dans sa chambre, maudissant Baptiste et la noce de sa sœur.

Cependant, comme on frappait toujours et qu'il lui semblait entendre une voix suppliante dire en même temps : « Ouvrez pour l'amour de Dieu, mais ouvrez donc », elle prit un flambeau et, malgré son effroi, descendit dans le vestibule, où elle entendit distinctement la voix qui répétait : « Au nom de Jésus, ouvrez ! ouvrez donc ! »

— Ce n'est pas ainsi que s'exprime un voleur, se dit-elle. C'est peut-être un malheureux poursuivi qui vient chercher un asile près de ma maîtresse, dont le cœur généreux est si connu. Soyons prudente néanmoins.

Elle entr'ouvrit une fenêtre et, grossissant sa voix pour essayer de faire croire que c'était un homme qui parlait, elle demanda qui se permettait de faire un pareil vacarme, à une heure aussi indue.

Un rayon de la lune qui perçait alors de sombres nuages lui permit d'entrevoir une longue silhouette enveloppée d'un manteau gris clair et coiffée d'un chapeau aux larges bords rabattus; la peur la reprit et elle cria assez fort pour être entendue de la rue ;

— Baptiste, Pierre, Claude, vite, levez-vous, et voyez quel est le sorcier qui a entrepris de défoncer notre porte.

Mais une voix douce et presque plaintive lui répondit :

— Chère dame La Martinière, je sais que c'est vous, malgré vos efforts pour déguiser votre voix ; je sais aussi que Baptiste est absent et que vous êtes seule dans la maison avec mademoiselle, mais vous pouvez m'ouvrir sans crainte, il faut absolument que je parle à votre maîtresse à l'instant même.

— Vous n'y pensez pas, répliqua la femme de chambre, mademoiselle ne peut vous recevoir en pleine nuit ; à cette heure elle repose et pour rien au monde je ne voudrais l'arracher au sommeil qui lui est si nécessaire à son âge.

— Je sais, continua le nocturne visiteur, que votre maîtresse vient de mettre de côté le manuscrit de son roman de *Clélie* dont elle s'occupe sans relâche, et qu'elle recopie en ce moment des vers qu'elle doit lire demain à la marquise de Maintenon, mais je vous en conjure, dame La Martinière, ayez pitié de moi, et ouvrez-moi la porte. Apprenez qu'il s'agit d'arracher à la ruine un malheureux dont l'honneur, la liberté, la vie même dépendent de cette minute et de l'entretien que je puis avoir avec votre maîtresse; songez qu'elle ne vous pardonnerait jamais si elle apprenait que vous avez chassé du seuil de sa demeure un infortuné, venu pour implorer son assistance.

— Mais, repartit La Martinière, ce n'est pas à une heure pareille qu'il faut venir solliciter la compassion de mademoiselle.

— Mais, répliqua vivement l'étranger, le destin frappe comme la foudre sans s'inquiéter du moment ni de l'heure, et le secours ne peut se différer quand il ne reste plus qu'un instant pour que le salut soit possible. De grâce! ouvrez-moi, ne craignez rien d'un malheureux abandonné de tout le monde, écrasé par une destinée affreuse et qui vient supplier votre maîtresse de le soustraire au plus pressant danger.

Cette dernière phrase étant entrecoupée de sanglots, La Martinière se sentit profondément rassurée par cette voix douce et pénétrante, qui semblait celle d'un jeune homme et, sans plus réfléchir, elle alla chercher les clefs.

La porte était à peine ouverte que l'homme au manteau, pénétrant brusquement dans le vestibule, passa devant La Martinière et lui dit d'un accent farouche :

— Menez-moi près de votre maîtresse.

Effrayée de ce changement de ton, la femme de chambre, élevant son flambeau, vit que son interlocuteur était un jeune homme dont le visage pâle était horriblement décomposé ; sa terreur augmenta quand elle vit luire à sa ceinture la poignée d'un stylet, et elle pensa défaillir lorsque, jetant sur elle un regard étincelant, ce jeune homme lui répéta plus violemment encore :

— Conduisez-moi près de votre maîtresse.

Mais elle reprit vite ses sens ; le danger que courait Mlle de Scudéry, pour laquelle elle avait un profond attachement et qu'elle vénérait comme une mère, lui rendit toute sa présence d'esprit et lui donna un courage dont elle-même ne se serait jamais crue capable : elle ferma vivement la porte de l'appartement, se plaça devant, et d'une voix haute, et ferme :

— Votre manière d'agir depuis que vous êtes

dans la maison diffère un peu trop de vos paroles suppliantes de tout à l'heure et je vois maintenant que j'ai eu tort de me laisser émouvoir. Vous ne devez pas voir mademoiselle à cette heure, et vous ne lui parlerez pas, moi vivante ; si vous n'avez pas de mauvaises intentions, vous ne devez pas avoir peur de vous montrer en plein jour. Revenez donc demain, mais, pour le moment, sortez.

Le jeune homme poussa un profond soupir et porta la main à son stylet, en jetant sur la femme de chambre un regard désespéré : La Martinière recommanda son âme à Dieu, mais elle resta ferme devant la porte de sa chambre qu'il fallait traverser pour arriver à celle de sa maîtresse.

— Laissez-moi passer ! cria l'individu, hors de lui.

— Faites ce qu'il vous plaira, répondit La Martinière, je ne bougerai pas d'ici. Consommez sur moi votre attentat criminel, la mort vous attend à votre tour, mais elle sera ignominieuse, et vous périrez en place de Grève avec tous vos infâmes complices.

— Ah ! s'écria l'étranger, vous avez raison, dame La Martinière, armé et menaçant comme je le suis, je puis avoir l'air d'un lâche voleur et d'un assassin, mais ceux que vous appelez mes complices ne sont pas près de l'échafaud. Oh ! non, ils n'en sont pas là.

En même temps il tira son stylet en lançant des regards enflammés sur la pauvre fille à moitié morte de frayeur,

— Jésus! dit-elle, s'attendant à recevoir le coup mortel. Mais, au même moment, on entendit dans la rue un cliquetis d'armes et des piétinements de chevaux.

— La maréchaussée! La maréchaussée! Au secours! au secours! cria-t-elle.

— Terrible femme, tu veux donc ma perte? Ah! tout est fini à présent, c'en est fait. Tiens, prends ceci, donne-le à ta maîtresse cette nuit même, demain si tu veux.

En murmurant ces paroles à voix basse, le mystérieux personnage mit une petite cassette entre les mains de La Martinière, après lui avoir arraché son flambeau, qu'il éteignit.

— Sur ton salut éternel, répéta-t-il, remets cette cassette aux mains de ta maîtresse!

Puis il se précipita hors de la maison.

Brisée par tant d'émotions, La Martinière était tombée à terre. Elle se releva avec peine, gagna à tâtons sa chambre, où, épuisée, incapable d'articuler un son, elle s'affaissa dans un fauteuil. Bientôt, elle entendit le bruit de la clef qu'elle avait laissée sur la porte d'entrée grincer dans la serrure. Quelqu'un ouvrit cette porte, la referma sur lui et marcha dans le vestibule à pas légers et incertains.

Enchaînée à sa place, impuissante à se mouvoir, elle était résignée au plus horrible dénoûment, lorsque sa porte s'ouvrit, mais sa terreur se changea en surprise quand elle reconnut, à la lueur de la lampe qu'il portait, l'honnête Baptiste, bien qu'il fût pâle comme un spectre et tout effare.

— Au nom de tous les saints, dame La Martinière, que se passe-t-il ici? Ah! quelle peur j'ai eue! J'avais le pressentiment qu'il y avait quelque chose et c'est ce qui m'a fait quitter la noce hier soir, J'arrive dans notre rue. Dame La Martinière, me dis-je, a le sommeil léger, il me suffira de frapper doucement à la porte pour qu'elle vienne m'ouvrir; j'avance et je me trouve au milieu d'une patrouille de fantassins et de cavaliers qui m'arrêtent et ne veulent pas me laisser continuer mon chemin. Heureusement M. Desgrais, le lieutenant de maréchaussée, qui me connaît bien, commandait cette patrouille, et quand ses hommes me mirent leurs lanternes sous le nez, il me reconnnt, et me dit :

« — Eh! Baptiste, d'où viens-tu ainsi au milieu de la nuit? Rentre dans ta maison et garde-la bien, il ne fait pas bon pour toi ici, nous sommes sur une piste et nous comptons faire une importante capture. »

« Vous ne sauriez croire, dame La Martinière, combien ces paroles me troublèrent, et le cœur me battait fort. Quand j'arrivai à notre porte, un homme enveloppé d'un manteau en sortait un stylet étincelant à la main et me culbutait au passage. Je trouve la maison ouverte, les clefs sur la serrure. Qu'est-ce que tout cela signifie?

Revenue de sa frayeur, La Martinière raconta tout ce qui s'était passé à Baptiste et ils allèrent tous deux dans le vestibule, où ils ramassèrent le flambeau que l'inconnu avait jeté en se sauvant.

— Il est évident, fit Baptiste, qu'on en voulait à notre demoiselle et qu'elle a failli être assassinée. Cet homme, qui savait, m'avez-vous dit, que vous étiez seule ici avec elle, me fait l'effet d'un de ces maudits coquins qui s'introduisent dans les maisons pour étudier adroitement tout ce qui peut servir à l'accomplissement de leurs abominables projets. Quant à la petite cassette, nous ferions bien, me semble, de la jeter dans la Seine à l'endroit le plus profond, car il est très possible qu'on en veuille à la vie de notre bonne maîtresse, et rien ne prouve qu'elle ne tomberait pas morte en l'ouvrant, comme cela est arrivé au vieux marquis de Tournay, en décachetant la lettre qu'il avait reçue d'une main inconnue.

Ce ne fut pas l'avis de La Martinière et après de longues réflexions les deux fidèles serviteurs résolurent d'attendre au lendemain matin pour tout raconter à leur demoiselle en lui remettant la mystérieuse cassette qu'après tout on pourrait ouvrir avec les plus grandes précautions. Du reste, après avoir pesé toutes les circonstances dans lesquelles le suspect étranger avait fait son apparition et opéré sa fuite, ils en arrivèrent à penser qu'il pouvait s'agir de quelque secret de haute portée qu'ils avaient le soin d'éclaircir à Mlle de Scudéry.

II

Les appréhensions de Baptiste n'étaient que trop fondées. A cette époque, Paris était le théâtre des atrocités les plus odieuses, des crimes les plus abominables, commis avec une telle audace, et suivis d'une telle impunité, que la terreur était générale.

Un apothicaire allemand nommé Glaser, qui passait pour le meilleur chimiste de son temps, s'occupait, comme alors presque tous les gens de sa profession, d'expériences alchimiques dans le but de découvrir la pierre philosophale; un Italien du nom d'Exili le secondait dans ses opérations, mais pour celui-ci l'art de faire de l'or n'était qu'un prétexte : ce qu'il voulait apprendre, c'était la distillation, la mixtion, la sublimation des plantes vénéneuses que Glaser travaillait dans l'espérance d'en tirer un profit réel.

Cet Italien parvint à composer un poison subtil qui donnait la mort sans laisser aucune trace dans les organes, et trompait si bien la science — d'ailleurs peu avancée — des médecins d'alors, que le fait de l'empoisonnement ne leur étant révélé par aucun symptôme, ils attribuaient les morts les plus étranges à des causes naturelles.

Exili, bien que travaillant avec la plus extrême prudence, fut soupçonné un jour d'avoir vendu des poisons, et envoyé pour cela à la Bastille, où il eut bientôt pour compagnon de chambre le capitaine Godin de Sainte-Croix, enfermé à la demande du père de la marquise de Brinvilliers, avec laquelle il vivait d'une façon scandaleuse.

Ce Sainte-Croix était un homme violent et affectant une dévotion exagérée et dont le caractère avait été dépravé par tous les vices qu'il avait contractés dans sa jeunesse; envieux et vindicatif jusqu'à la rage, rien ne pouvait lui être plus agréable que de vivre avec Exili, dont l'infernal secret lui offrait la possibilité d'anéantir tous ceux qui se mettraient entre lui et ses passions. Il se fit donc l'élève zélé de l'Italien et, quand il sortit de la Bastille, il en savait autant que son maître et était capable de faire seul les plus pernicieuses manipulations.

La Brinvilliers, qu'il retrouva bien vite, n'était qu'une femme perdue de mœurs, il en fit un monstre abominable en l'obligeant d'abord à empoisonner

— Laissez-moi passer.

BIBLIOTHÈQUE NATIONALE R.F.

son père avec lequel elle vivait et dont elle semblait soigner la vieillesse avec une hypocrisie infâme ; ce crime était pour venger Sainte-Croix ; elle empoisonna ensuite ses deux frères et sa sœur pour recueillir à elle seule un riche héritage ; plus tard, du reste, elle empoisonna sans cause et l'étude des empoisonneurs fournit la preuve épouvantable que cette nature de crime devient souvent une passion irrésistible.

Sans aucun but, et simplement pour satisfaire leur envie, comme un savant tente des expériences pour son plaisir, on a vu certains empoisonneurs tuer des gens dont la vie ou la mort leur était complètement indifférente. Ce fut le cas de la Brinvilliers, et la mort prématurée de plusieurs malades de l'Hôtel-Dieu fit soupçonner peu de temps après l'empoisonnement des pains qu'elle avait coutume d'y faire distribuer chaque semaine pour se faire donner la réputation d'un modèle de piété et de bienfaisance.

Au moins est-il certain que l'exécrable femme fit servir plus d'une fois à ses hôtes des pâtés de pigeons empoisonnés, car le chevalier du Guet et plusieurs autres personnes moururent pour en avoir mangé.

Pendant longtemps, la Brinvilliers, Sainte-Croix et son complice La Chaussée, réussirent à couvrir d'un voile impénétrable leurs abominables forfaits, mais les artifices les plus habiles échouent devant la puissance divine le jour où elle a décidé qu'il est temps d'atteindre les coupables et de les punir.

Les poisons de Sainte-Croix étaient si subtils que la poudre qui leur servait de base — et que les Parisiens appelaient poudre de succession — ne pouvait être respirée sans que la mort s'ensuivît; à cause de cela, Sainte-Croix se couvrait le visage d'un masque de verre quand il faisait ses manipulations; mais, un jour, ce masque se détacha au moment où il recueillait dans une fiole la poudre qu'il venait de fabriquer et il tomba raide mort dans son laboratoire.

Comme il n'avait point d'héritiers, les scellés furent posés chez lui et l'inventaire fait par les gens de justice fit découvrir, non seulement les poisons et les appareils destinés à les produire, mais des lettres de la marquise de Brinvilliers qui disaient très clairement les usages qu'on en avait fait.

A la première nouvelle la marquise avait pris la fuite et s'était réfugiée à Liège dans un couvent où Desgrais, officier de la maréchaussée, fut envoyé à sa poursuite. Sous un déguisement ecclésiastique, il pénétra dans le couvent où elle vivait. Là il noua avec elle une intrigue galante et obtint un rendez-vous nocturne dans un jardin écarté, hors de la ville.

Ce rendez-vous se termina par un enlèvement, mais l'amour n'était pour rien dans le voyage. Le galant abbé s'était transformé en lieutenant de maréchaussée, et c'est dans la prison du grand Châtelet que la chaise de poste s'arrêta. La Chaussée avait déjà subi la peine capitale, la Brinvilliers fut condamnée au même supplice. De plus, son corps fut brûlé et ses cendres jetées au vent.

Les Parisiens crurent pouvoir respirer quand ils virent disparaître le monstre qui disposait impunément de cette arme mystérieuse de la mort, dont il frappait amis et ennemis selon son abominable caprice; mais bientôt le bruit se répandit que l'art terrible de l'infâme Sainte-Croix était passé en d'autres mains et les preuves en abondèrent.

Comme un fantôme malfaisant et invisible, le meurtre pénétrait au sein même de ces unions intimes, privilèges de la famille, de l'amitié, de l'amour, et il frappait ses victimes d'une main aussi violente que sûre; tel qui la veille jouissait de la santé la plus florissante était atteint le lendemain d'un mal étrange et toutes les ressources de la médecine ne pouvaient le préserver de la mort.

Avoir de la fortune, être pourvu d'un bon emploi, s'être marié un peu trop avancé en âge, avec une femme jeune et jolie, étaient autant de motifs pour redouter une mort soudaine : les relations les plus sacrées étaient corrompues par la méfiance la plus cruelle. Le mari tremblait devant la femme, le père devant le fils, la sœur devant le frère. Dans un repas offert par un ami à ses amis, les mets restaient intacts, les vins versés n'étaient pas bus et, là où régnait jadis la douce et franche gaieté, des yeux hagards épiaient avec anxiété le meurtrier anonyme. On vit des pères de famille, dans l'excès de leurs angoisses, se procurer, loin de leur habitation, des aliments qu'ils préparaient eux-mêmes dans quelque ignoble réduit, redoutant une trahison infâme dans leur propre ménage. Encore arrivait-il quelquefois que les précautions les plus minutieuses et les plus multipliées n'empêchaient pas les crimes de se commettre.

Le roi, pour faire cesser ces attentats qui de our en jour devenaient plus communs, institua une chambre de justice spécialement chargée de la répression de ces crimes secrets et qu'on appela *Chambre ardente* parce qu'elle condamnait surtout au feu ; elle tenait ses assises non loin de la Bastille, sous la présidence de la Reynie. Pendant longtemps, ce magistrat zélé jusqu'à la cruauté vit ses recherches infructueuses, mais les investigations de l'habile Desgrais firent enfin déeouvrir le principal foyer du crime.

Dans le faubourg Saint-Germain, vivait une vieille femme appelée la Voisin, qui s'occupant de chiromancie et de divination, était arrivée avec l'assistance de ses deux associés, la Vigoureux et un prêtre défroqué nommé Lesage, à se faire une réputation de sorcière et à inspirer la surprise et la terreur à des gens même qui ne passaient guère pour faibles d'esprit ni très crédules.

Le succès de cette femme parut suspect à Desgrais, qui se convainquit bientôt que la Voisin avait pris des leçons d'Exili et qu'elle préparait aussi bien que lui l'énergique poison qui ne laissait pas de traces et au moyen duquel elle aidait les fils dénaturés à hériter plus vite et les femmes perverties à épouser un second mari plus jeune ou plus riche que le leur.

Arrêtée par Desgrais, elle avoua tout; et, condamnée à mort par la Chambre ardente, elle fut brûlée vive en place de Grève, et comme on trouva chez elle une liste de toutes les personnes qui avaient eu recours à elle, il en résulta non seulement un grand nombre d'exécutions plus ou moins motivées, mais encore de graves soupçons contre des personnages de la plus haute distinction.

C'est ainsi que l'on supposa que, par l'intervention de la Voisin, le cardinal de Bouzy avait fait disparaître en peu de temps toutes les personnes auxquelles il payait pension comme archevêque de Narbonne.

C'est ainsi que la duchesse de Bouillon et la comtesse de Soissons furent accusées de connivence avec cette affreuse créature et que le duc de Luxembourg (Henri de Montmorency-Bouteville), pair de France et maréchal du royaume, ne fut pas lui-même à l'abri des soupçons. Il demanda des juges et, pendant que la Chambre ardente instruisait contre lui, il se constitua spontanément prisonnier à la Bastille, où la haine de Louvois lui fit donner pour logement un cachot large de six pieds; il passa plusieurs mois dans ce réduit avant qu'il fût clairement démontré que son prétendu crime était d'avoir fait tirer son horoscope par Lesage.

Il n'est que trop vrai qu'un zèle aveugle, sinon barbare, entraîna le président La Reynie à des actes arbitraires et à des cruautés déplorables et que la Chambre ardente devint un véritable tribunal d'inquisition. Le soupçon le plus insignifiant motivait un emprisonnement rigoureux, et trop souvent on laissait au hasard le soin de démontrer l'innocenc d'un prévenu dont le crime supposé entraînait la peine de mort.

La Reynie fut bientôt aussi exécré que les eme poisonneuses et les marchands de poison; du reste, il était si laid de sa personne et si astucieux dans ses façons de conduire les débats qu'il suscita la haine des personnes même que sa mission lui faisait un devoir de protéger, et la duchesse de Bouillon, contre laquelle il n'y avait aucune présomption et à laquelle il demanda à l'audience si elle avait vu le Diable, lui répondit : « Il me semble que je le vois en ce moment ! »

Pendant que le sang des coupables et des suspects coulait à flots sur la place de Grève, les empoisonnements mystérieux devenaient de plus en plus rares, mais une autre calamité se répandit sur Paris, qui s'affola d'une nouvelle terreur.

Une bande de voleurs semblait organisée pour accaparer tous les bijoux précieux. A peine acquise, une riche parure disparaissait d'une manière inconcevable, quelque soin que l'on mît à la garder, mais, ce qui était encore plus terrible, toute personne qui avait à sortir le soir avec des bijoux sur elle était volée et souvent même assassinée en pleine rue ou dans les sombres allées des maisons.

Ceux qui, victimes de ces attaques, n'y avaient pas laissé leur vie, racontaient qu'ils avaient été renversés inanimés par un coup de poing asséné sur la tête et que, revenus de leur étourdissement, dans un endroit généralement éloigné de celui où ils avaient été surpris, ils s'y trouvaient seuls et complètement dépouillés de leurs bijoux. Quant aux victimes des assassinats, qui gisaient presque chaque matin dans les rues, elles étaient toutes frappées de la même blessure : un coup de poignard dont l'effet mortel, au dire des médecins, était si sûr et si immédiat que l'homme frappé devait tomber sans pousser un cri.

Or, quel seigneur de la cour galante de Louis XIV n'était pas engagé dans quelque intrigue amoureuse et n'avait pas l'occasion de se rendre la nuit chez sa maîtresse en portant quelquefois des bijoux! Les voleurs, comme s'ils eussent agi de concert avec le malin esprit, savaient toujours à point nommé quand pareille chose devait arriver. Alors, le malheureux n'atteignait pas la maison où il se promettait de goûter les joies de l'amour : il tombait en route ou bien au seuil même de la porte, à quelques pas de la chambre de sa bien-aimée, qui trouvait à son réveil son cadavre ensanglanté.

Vainement d'Argenson, le lieutenant de police, ordonna, sur les moindres indices, de nombreuses arrestations parmi les vagabonds. Vainement La Reynie déploya toute son astuce pour arracher des aveux à ces prévenus. Vainement encore, on renforça les soldats du guet, dont on fit doubler les patrouilles, la trace des malfaiteurs restait introuvable et il n'y eut d'autre ressource pour les Parisiens qui avaient à sortir le soir que de s'armer et se faire précéder de valets portant des lanternes. Encore ce moyen n'était-il pas infaillible.

Une chose digne de remarque, c'est que, malgré les enquêtes faites partout où pouvait se faire le commerce des bijoux, on ne trouva jamais un seul des objets volés ni aucun renseignement capable de mettre sur la trace des voleurs.

Desgrais, qui tenait à sa réputation d'habileté et qui la voyait avec rage tomber devant les agissements de *ces coquins, remarquant que rien ne* troublait jamais le quartier où il se trouvait avec le guet, tandis qu'on assassinait ailleurs, imagina de racoler une demi-douzaine de menechmes qui lui ressemblassent assez bien de nuit par la tournure et la voix pour que les archers eux-mêmes ne pussent savoir où se trouvait exactement le véritable Desgrais ; mais ce moyen ne réussit pas mieux que les autres.

Cependant, il ne se décourageait pas et, au péril de sa vie, il allait seul explorer les repaires les plus malfamés ; il en arriva à s'entendre avec quelqu'un richement vêtu, portant ostensiblement des bijoux et qu'il suivait de loin en se dissimulant de son mieux, mais jamais ses compères ne furent attaqués. Les brigands étaient donc aussi informés de cette ruse. Desgrais commençait à désespérer.

Un matin, La Reynie le voit arriver chez lui, pâle, défait, l'œil égaré.

— Qu'avez-vous?... Quelle nouvelle? Êtes-vous sur la trace? s'écria-t-il dès qu'il fut rentré.

— Ah! monseigneur, répond Desgrais, d'une voix sourde et entrecoupée, hier, au milieu de la nuit, à deux pas du Louvre, le marquis de la Fare a été attaqué sous nos yeux,

— Ciel et terre, nous les tenons! fit La Reynie avec transport... Desgrais eut un sourire amer.

— Écoutez d'abord comment cela s'est passé. J'étais près du Louvre à guetter, la rage dans le cœur, les diables d'enfer qui se moquent de moi. Quelqu'un passe près de moi sans me voir, marchant d'un pas incertain et regardant à chaque instant derrière lui. A la clarté de la lune je reconnais le marquis de la Fare et je pense à attendre son retour, car je savais où il allait, mais il avait à peine fait quinze pas qu'un homme se dresse debout près de lui comme s'il sortait de sous terre, le renverse sur le pavé et se jette sur lui. La joie de saisir enfin le meurtrier me fait perdre toute prudence. Je jette un cri et je sors de ma cachette pour courir après lui..., mais je m'embarrasse dans mon manteau et je tombe. En me relevant, je vois mon scélérat qui s'enfuit comme porté sur l'aile du vent. Tout en courant après, je sonne de ma trompe ; les sifflets de mes gens me répondent dans le lointain. De tous côtés on se met en mouvement, et j'entends déjà le trot des chevaux et le cliquetis des armes.

— Par ici, par ici.

— Desgrais! Desgrais! m'écriai-je à en faire retentir tout le quartier.

Éclairé par la lune, je vois toujours devant moi le fuyard, qui pour me dérouter tourne d'abord à droite, puis à gauche; arrivé à la rue Saint-Nicaise, ses forces semblent diminuer, les miennes redoublent, il a tout au plus quinze pas d'avance.

— Vous l'atteignez et le saisissez, les gardes arrivent, s'écrient La Reynie l'œil étincelant et saisissant le bras de Desgrais comme s'il eût été l'assassin lui-même.

— Quinze pas..., continue Desgrais d'une voix creuse et entrecoupée ; à quinze pas sous mes yeux, le bandit fait un tour de côté qui le met dans l'ombre et disparaît à travers la muraille.

— Disparaît... à travers la muraille! Êtes-vous fou! s'écrie La Reynie, reculant de deux pas, se frappant les mains.

— Fou! fit Desgrais, se portant la main au front comme pour chasser de son cerveau une pensée funeste, oui, traitez-moi de fou, monseigneur, de visionnaire, mais je vous dis la vérité. — Plusieurs gardes accourent hors d'haleine et avec eux le marquis de la Fare, l'épée à la main, ils me trouvent stupéfait devant la muraille. Je fais allumer des torches, nous sondons le mur sur tous les points et nous n'y trouvons pas trace de porte, de fenêtre, ni d'ouverture quelconque. C'est un solide mur en pierre renfermant la cour d'une maison habitée par des gens au-dessus de tout soupçon. Ce matin encore j'ai fait une inspection complète des localités et je ne suis pas plus avancé. C'est le diable en personne qui nous mystifie.

L'aventure de Desgrais fut bientôt connue de tout Paris, et elle y fit d'autant plus d'effet que les esprits étaient encore troublés par le récit des sorcelleries, des conjurations, des pactes diaboliques attribués à la Voisin et à ses complices. Et comme il est essentiellement dans la nature humaine de sacrifier toujours la raison au penchant qu'on a pour le merveilleux et le surnaturel, on croyait un peu partout que, comme l'avait dit Desgrais, dans son accès de mauvaise humeur, le diable protégeait les assassins au prix de la cession de leur âme.

Du reste, l'aventure fut bientôt amplifiée et enrichie de mille circonstances extravagantes. On en imprima le récit, qui fut vendu à tous les coins des rues, illustré d'une vignette représentant une figure horrible, le diable s'abîmant sous terre devant Desgrais épouvanté. Il n'en fallut pas davantage pour terrifier les gens du peuple et même pour paralyser entièrement le courage des soldats du guet, qui la nuit ne parcouraient plus les rues qu'en tremblant et ne s'y seraient pas aventurés sans être couverts d'amulettes et aspergés d'eau bénite.

D'Argenson, voyant que les rigueurs de la Chambre ardente n'avaient plus d'effet par l'abus de ses rigueurs même, demanda au roi la création d'un autre tribunal investi de pouvoirs plus étendus pour rechercher et punir les auteurs de ces nouveaux crimes.

Mais le roi, qui n'en était plus à regretter la juridiction déjà trop absolue qu'il avait accordée à la Chambre ardente et qui avait gémi comme tout le monde des exécutions horribles provoquées sans relâche par le sanguinaire La Reynie, rejeta absolument cette proposition.

Un autre moyen fut alors essayé pour influencer à cet égard la détermination du roi. On lui fit remettre dans les appartements de Mme de Maintenon, où il passait l'après-dîner et souvent même la soirée à travailler avec ses ministres, une sorte de placet en vers, au nom des amants confédérés.

Ceux-ci se plaignaient d'en être réduits à risquer leur vie chaque fois que leur galanterie leur inspirait l'idée de porter un bijou à leurs maîtresses. Ils exposaient que, s'il y avait honneur et plaisir à répandre son sang pour sa bien-aimée dans un duel loyal, il n'en était pas de même quand on avait affaire à des assassins dont la trahison était aussi certaine que difficile à prévoir. Ils demandaient que Louis, la brillante étoile polaire de la galanterie et de l'amour, daignât projeter un rayon de sa splendeur sur les épaisses ténèbres pour en mettre au jour le funeste mystère, attestant que, si le héros divin qui avait terrassé tous ses ennemis tirait encore une fois son glaive étincelant et victorieux, comme Hercule domptant l'hydre de Lerne et Thésée triomphant du Minotaure, il écraserait facilement le monstre effroyable, suscité pour empoisonner les joies de l'amour en changeant sa douceur en transes perpétuelles et son ivresse en deuil inconsolable.

Malgré la gravité du sujet, cette œuvre poétique, riche en images plaisantes et spirituelles, surtout dans la description de l'anxiété des amoureux cheminant à la dérobée pour aller voir leurs maîtresses et dans la peinture de la peur qui venait étouffer dans son germe la satisfaction des galants, était assez habilement faite pour être lue avec complaisance par Louis XIV, puisqu'elle se terminait par son panégyrique le plus ampoulé. Aussi, quand il eut fini, sans quitter le papier des yeux, il se retourna vers Mme de Maintenon, lui relut à haute voix les vers qu'il venait de lire et lui demanda

Mlle de Scudéry était assise sur un tabouret, assez près de Mme de Maintenon.

BIBLIOTHÈQUE NATIONALE RF

ensuite ce qu'elle pensait de la supplique des amants confédérés.

Fidèle au caractère de gravité empreint de religion qu'elle avait pris, la Maintenon répondit que des actes illicites tels que des intrigues secrètes ne méritaient pas précisément une protection particulière, mais que, d'un autre côté, la répression d'indignes scélératesses légitimait de sévères mesures. Peu satisfait de cette réponse ambiguë, le roi après avoir plié le papier, allait rejoindre le secrétaire d'État qui travaillait dans une pièce voisine, quand ses yeux rencontrèrent ceux de Mlle de Scudéry assise sur un tabouret assez près de Mme de Maintenon.

Il s'approcha d'elle et, rappelant sur ses lèvres le sourire aimable qui s'y jouait encore quelques minutes auparavant, il déplia le placet et, se penchant vers la vieille demoiselle, lui dit de sa plus douce voix : « La marquise n'aime pas à entendre parler des galanteries de nos jeunes seigneurs, et s'esquive d'une manière tant soit peu suspecte, mais vous, mademoiselle, que pensez-vous de cette requête poétique ? »

Mlle de Scudéry se leva respectueusement de son siège, une rougeur subite vint comme la pourpre du couchant colorer ses joues pâles, et, les yeux baissés, elle dit en s'inclinant à demi :

Un amant qui craint les voleurs
N'est point digne d'amour.

Le roi, enchanté de l'esprit chevaleresque de cette brève sentence qui battait d'un coup en brèche toute la pétition et ses tirades prétentieuses, s'écria les yeux brillants de plaisir :

— Par saint Denis, mademoiselle, vous avez raison ! Point de mesure aveugle qui, dans le but de protéger la lâcheté, expose l'innocent à être confondu avec le coupable. A d'Argenson et à La Reynie de faire leur devoir.

III

Sitôt que le jour parut, La Martinière raconta à sa maîtresse les événements de la nuit, et ne manqua pas de lui dépeindre avec les couleurs les plus vives toutes les horreurs qui se commettaient dans Paris. Elle était accompagnée de Baptiste, qui se tenait dans un coin, pâle, terrifié, tournait son bonnet dans ses mains et presque incapable de prononcer une parole. Tous deux, en remettant la mystérieuse cassette à la vieille demoiselle, la supplièrent avec les instances les plus dolentes et au nom de tous les saints de ne l'ouvrir qu'avec les plus grandes précautions.

Mlle de Scudéry, prenant la cassette dans ses mains pour tâcher d'apprécier par son poids la nature de son contenu, essaya de les rassurer d'un beau sourire.

— Vous rêvez tous les deux, dit-elle, et vous vous effrayez de fantômes. Si les odieux meurtriers dont vous me parlez espionnent dans les maisons, ils savent aussi bien que vous et moi que je ne possède pas de trésors valant les risques d'un assassinat. En vouloir à ma vie ? Pourquoi ? Et à qui peut profiter la mort d'une femme de soixante-treize ans qui n'a jamais dit de mal que des méchants et des ennemis de la paix publique dans des romans de pure invention et qui ne laissera rien après elle que les habits ayant servi à la vieille demoiselle pour paraître quelquefois à la cour, et deux douzaines de volumes bien reliés et dorés sur tranches. Va, bonne Martinière, tu auras beau me faire une description épouvantable de l'apparition de ton mystérieux visiteur, je ne saurais croire qu'il ait eu une intention mauvaise. Donc...!

En disant cela, elle appuya le doigt sur un bouton saillant en acier, et le coffret s'ouvrit soudain avec un bruit sec qui fit reculer La Martinière de trois pas, et arracher une sourde exclamation à Baptiste, tombé à genoux.

Son étonnement fut grand quand elle vit briller dans la cassette une paire de bracelets d'or enrichis de pierreries et un collier plus magnifique encore; elle souleva cette parure pour en admirer le merveilleux travail, en compagnie de La Martinière, qui s'écriait dans son enthousiasme que la fière Montespan ne possédait certainement pas une parure aussi belle.

— Mais qu'est-ce que cela signifie? avait déjà dit la demoiselle, quand elle aperçut au fond du coffret un papier plié.

Elle le prit, pensant y trouver l'explication de ce mystérieux envoi, mais à peine l'eut-elle parcouru que ses mains tremblantes le laissèrent échapper et qu'elle tomba à moitié évanouie sur un fauteuil.

La Martinière, Baptiste, s'empressèrent glacés d'effroi.

— Oh ! s'écriait-elle d'une voix brisée par les sanglots, quelle confusion ! Devais-je à mon âge subir une aussi indigne humiliation ? Oh ! mon Dieu! voir interpréter d'une façon si odieuse quelques mots prononcés en plaisantant!... Est-il possible qu'une infernale malignité puisse laisser peser sur moi l'accusation d'une infâme complicité avec des scélérats.

Elle avait porté son mouchoir devant ses yeux, et ses larmes, ses gémissements entrecoupés, troublèrent au dernier point ses domestiques qui ne savaient comment l'assister dans son désespoir.

La Martinière ayant ramassé le billet fatal y lut ce qui suit:

Un amant qui craint .es voleurs
N'est point digne d'amour.

« Très honorable dame ! L'ingéniosité de votre

esprit nous a mis à l'abri de la persécution, nous qui exerçons le droit du plus fort, sur la faiblesse et la lâcheté, pour nous approprier des trésors destinés à d'indignes prodigalités. Comme témoignage de notre reconnaissance, daignez accepter cette parure. C'est la plus précieuse qui soit tombée entre nos mains depuis bien longtemps, et elle est à peine digne de vous, respectable dame, qui mériteriez d'en porter une bien plus belle encore.

« Nous vous supplions de nous conserver votre bienveillance et votre gracieux souvenir.

« LES INVISIBLES. »

— Est-il possible, s'écria Mlle de Scudéry quand elle se fut un peu remise de son émotion, que l'on ose pousser l'ironie jusqu'à l'impudence éhontée!

Puis elle se leva et marcha silencieusement dans la chambre en réfléchissant à ce qu'il convenait de faire. Enfin elle donna l'ordre à Baptiste d'aller lui chercher une chaise à porteurs et à La Martinière de l'aider à faire sa toilette pour se rendre immédiatement chez la marquise de Maintenon qu'elle savait trouver seule alors dans ses appartements, et à qui elle montrerait la cassette et les bijoux.

L'étonnement de la marquise fut grand lorsqu'elle

vit Mlle de Scudéry, qui était la dignité même et et dont la grâce et l'amabilité étaient proverbiales, entrer chez elle d'un pas chancelant, le visage pâle et les traits bouleversés.

— Au nom de tous les saints, que vous arrive-t-il ? dit-elle, en s'empressant de la faire asseoir.

Reprenant peu à peu son sang-froid, la vieille demoiselle raconta quelle amère humiliation lui attirait la sentence irréfléchie qu'elle avait prononcée en plaisantant au sujet de la requête des amants confédérés.

La marquise, ayant écouté attentivement son récit très circonstancié, lui dit qu'elle prenait beaucoup trop à cœur ce singulier événement, attendu que son noble et pieux caractère était fort au-dessus des infâmes railleries de pareils misérables, puis elle demanda à voir la parure.

Devant ces bijoux magnifiques, la marquise ne put contenir son admiration ; elle prit dans ses mains le collier et les bracelets et s'approcha d'une fenêtre où elle ne s'arrêtait de faire jouer au soleil le feu des pierreries que pour étudier la délicatesse du travail de leur monture et l'art infini avec lequel les chaînons d'or étaient enlacés et combinés entre eux,

— Savez-vous bien, dit-elle tout à coup en se retournant vers Mlle de Scudéry, que ces bijoux ne peuvent avoir été fabriqués que par René Cardillac ! cela disait tout, car René Cardillac était à cette époque le meilleur orfèvre de Paris.

C'était aussi l'un des hommes les plus extraordinaires de son temps : petit plutôt que grand, mais avec de larges épaules et une musculature puissante ; il avait, malgré ses cinquante ans, conservé toute la vigueur et l'agilité de la jeunesse.

Cette énergie vitale, qu'on disait presque phénoménale, se manifestait chez lui par une chevelure rousse épaisse et crépue, un teint haut en couleur et des traits fortement accentués, et si Cardillac n'eût pas été connu dans tout Paris pour le plus honnête, le plus loyal et le plus désintéressé des hommes, si sa franchise et sa conscience n'avaient pas été proverbiales, on aurait pu, tant il y avait parfois d'étrangeté dans le regard de ses petits yeux verts profondément enfoncés et étincelants sous des sourcils buissonneux, le soupçonner de dissimuler quelque noire scélératesse.

Cardillac était supérieur dans son art, non seulement à ses confrères de Paris, mais vraisemblablement à ceux de tous les autres pays ; personne mieux que lui ne connaissait la nature et la valeur des pierres précieuses et personne ne savait les monter avec autant d'ingéniosité et de talent. Du reste, aimant passionnément son art, il accueillait avec avidité toutes les commandes et réclamait un prix si bas, si peu en rapport avec la perfection de son travail qu'il lui en arrivait de tous côtés. Dès lors, il ne se donnait presque plus de repos ; jour et nuit on entendait dans son atelier le bruit du marteau sur l'enclume ou le grincement de la lime, et il avait tant de conscience, tant de souci de sa réputation que souvent il remettait au creuset une pièce à peu près finie parce que tel accessoire, tel ornement ne le satisfaisaient pas.

Aussi chacun de ses ouvrages devenait un chef-d'œuvreexquis,incomparable,qui causait la surprise et l'admiration de la personne qui l'avait commandé ; mais il avait tant de peine à s'en séparer que le destinataire éprouvait d'incroyables difficultés pour entrer en possession de l'objet terminé : il le remettait de mois en mois, du semaine en semaine. En vain lui offrait-on quelquefois le double du prix convenu. Cardillac ne voulait pas accepter un louis de plus, et quand enfin il était forcé de livrer la parure commandée il ne s'exécutait qu'avec chagrin et entrait dans une fureur qu'il ne pouvait pas toujours dissimuler ; quelquefois même, quand il s'agissait de joyaux de grande valeur qu'il avait exécutés avec amour, il devenait littéralement fou, on le voyait courir çà et là dans son atelier, maudissant son talent, ses ouvrages et surtout lui-même.

Mais que quelqu'un alors courût après lui, en lui disant : « René Cardillac, ne voudriez-vous pas faire un joli collier pour ma femme, une paire de bracelets pour ma fille », on le voyait s'arrêter court, fixer son interlocuteur avec ses petits yeux verts, scintillant comme des étoiles, et lui demander d'un air satisfait : « Voyons, qu'avez-vous ? » Le client tirait alors d'une boîte les diamants qu'il voulait faire monter, mais Cardillac ne lui donnait pas le temps de s'expliquer. Il s'emparait des pierres, les faisait miroiter aux rayons de la lumière, murmurait des interjections presque toujours approbatives et finalement promettait un chef-d'œuvre pourvu que le client lui permît d'ajouter deux ou trois petites pierres qui éblouiraient ses yeux de l'éclat du soleil même.

Naturellement, le client donnait carte blanche et Cardillac, redevenu tout à fait heureux, lui sautait au cou, l'embrassait avec effusion, prenait jour pour la livraison des bijoux et se mettait immédiatement à l'ouvrage.

Mais ce jour était toujours reculé indéfiniment et Cardillac entrait invariablement en fureur sitôt qu'on lui réclamait une parure. « Mais, maître Cardillac, songez que je me marie demain. — Que m'importe votre mariage ? revenez dans quinze jours. — La parure est terminée, voici votre argent, il faut me la donner. — Vous ne l'aurez que quand elle sera finie et j'ai encore des changements à y faire. »

Quelquefois il arrivait qu'un client, las d'attendre, menaçait Cardillac de revenir accompagné des complaisants estafiers de d'Argenson ; alors le joaillier ne se possédait plus. « Que Satan vous torture au moyen de cent tenailles brûlantes ! Qu'il alourdisse ce collier de trois quintaux pour étrangler votre fiancée ! » disait-il fiévreusement à son client en lui mettant brutalement les bijoux dans la poche de sa veste et en le poussant si violemment dehors que quelquefois il dégringolait tout le long de l'escalier.

Bien qu'on admît comme un caprice de grand artiste cette originalité assez inexplicable autrement, il y avait quelque chose de plus inexplicable encore : c'est que souvent, après avoir entrepris avec enthousiasme un travail considérable, Cardillac le rendait à la personne qui le lui avait commandé en la suppliant, au nom de la Vierge et de tous les saints et avec tous les signes d'une émotion profonde, de ne pas lui réclamer le travail commencé.

On disait même que des personnages les plus considérables de la bourgeoisie et de la cour lui avaient offert vainement de grosses sommes pour obtenir le moindre bijou sorti de ses mains, et il était certain qu'il avait supplié à genoux le roi d'être exempté de travailler pour lui et qu'il avait résisté aux instances de Mme de Maintenon et refusé avec des signes de répugnance et d'horreur de lui faire une petite bague qu'elle voulait offrir à Racine.

Songeant à ces circonstances, Mme de Maintenon émit la crainte que si elle envoyait chercher Cardillac, dans le but de savoir pour qui il avait fait cette parure, il refusât de venir pour ne pas avoir à travailler pour elle. « Pourtant, ajouta-t-elle, on m'a dit qu'il s'était relâché de ses capricieuses indécisions, qu'aujourd'hui il acceptait beaucoup de commandes et qu'il hésitait moins pour livrer ses ouvrages à ses clients, malgré qu'il le fît toujours avec chagrin et en évitant de les regarder. »

Tout aussi préoccupée de voir les bijoux revenir à leur véritable propriétaire, Mlle de Scudéry objecta qu'on pouvait d'abord prévenir cet artiste original qu'on ne voulait lui demander aucun travail mais seulement avoir son avis sur des bijoux de grande valeur. La marquise sourit à cette idée et envoya chercher Cardillac.

Comme s'il eût été rencontré à mi-chemin, l'artiste parut presque aussitôt.

En apercevant Mlle de Scudéry il fut pris d'un saisissement subit, et lui adressa une salutation pleine d'émotion ; ce n'est qu'après qu'il se tourna vers la marquise. Celle-ci, désignant la parure qui scintillait sur la table, lui demanda vivement s'il la reconnaissait pour son ouvrage. Cardillac, sans paraître y jeter les yeux et regardant fixement la marquise, s'empressa de remettre bracelets et collier dans la cassette qu'il repoussa avec vivacité ; puis il dit, en souriant avec amertume :

— Vraiment, madame la marquise, il ne faut guère connaître les ouvrages de René Cardillac pour croire un instant qu'il y ait au monde un autre joailler capable de composer une semblable parure.

— Et pour qui, reprit la marquise a été faite cette parure ?

— Pour moi seul, répondit l'artiste ; vous paraissez surprise, madame la marquise, je dois cependant ajouter que pour exécuter ce chef-d'œuvre, j'avais choisi mes plus belles pierres et que j'y ai travaillé avec plus d'assiduité et d'ardeur que jamais. Eh bien ! cette parure a disparu de mon atelier d'une façon incompréhensible.

— Louez Dieu ! s'écria Mlle de Scudéry avec l'impétuosité d'une jeune fille, et reprenez ce bien qui vous a été soustrait.

Elle raconta ensuite dans tous ses détails l'aventure qui avait amené cette parure entre ses mains. Durant ce récit qu'il écoutait avec attention, Cardillac murmurait de légères exclamations, il se croisait les mains ou se caressait lentement la figure. Le récit achevé, embarrassé de prendre une résolution, il demeura plongé dans des pensées qui semblaient douloureuses, car il se remit à passer les mains sur ses yeux comme pour en arrêter ou en cacher les larmes.

Enfin s'approchant de la cassette, il la prit, se retourna vers Mlle de Scudéry aux pieds de laquelle il s'agenouilla, puis lentement il lui dit :

— Noble et digne demoiselle, c'est à vous que cette parure était destinée ; sur mon honneur, c'est à vous seule que je pensais pendant les heures employées à la faire et à la parfaire. Daignez, je vous en conjure, accepter de moi ces bijoux et les porter quelques fois en souvenir de l'intention qui les créa.

— Oh! oh! maître René, à quoi songez-vous ? Vouloir qu'à mon âge je porte d'aussi riches joyaux! Il me faudrait au moins la fortune et la beauté de la marquise de Fontange, et alors je vous jure que cette parure ne pourrait avoir une meilleure destination ; mais que feraient d'aussi riches ornements sur des bras fanés, qu'auraient à embellir ces pierres brillantes entourant un cou qu'il me faut tenir voilé? Et puis, à quel propos, s'il vous plaît, accepterai-je de vous un cadeau si considérable?

Cardillac se releva, et persistant à offrir la cassette il lui repartit, avec l'expression farouche et emportée d'un homme hors de lui : « Faites-moi la grâce d'accepter, mademoiselle ; vous ne vous imaginez pas le culte profond que j'ai au cœur pour votre haut mérite et vos grandes vertus ; ne repoussez donc pas ce modeste présent et puisse-t-il être le gage de la sincérité de mes respectueux sentiments. »

Cependant elle hésitait encore, quand Mme de Maintenon, prenant le coffret des mains de Cardillac, lui dit : « Et pourquoi mettre toujours votre grand âge en avant ? Qu'ont à faire ici les années et leur nombre devant plus de jeunesse ? Cet hommage en serait-il plus désintéressé ? Et pourquoi refuseriez-vous de maître René ce don volontaire que cent autres ne peuvent obtenir malgré leurs instances, leurs supplications et leur or ? »

Tout en parlant, Mme de Maintenon avait placé le coffret de Cardillac entre les mains de Mlle de Scudéry. Alors celui-ci se jeta de nouveau à ses genoux. Gémissant et sanglotant, il lui baisait les mains et le bas de la robe, puis, se redressant tout à coup, il s'enfuit en grand désordre, courant comme un égaré et se heurtant à tous les meubles.

Fort effrayée, Mlle de Scudéry implorait tous les saints de venir à son secours. Au contraire, la marquise, prise d'une rare gaîté, la plaisanta sur sa conquête :

— Voici maître René devenu fou, fou d'amour pour vous, ma belle jouvencelle. A l'exemple des nobles paladins, il n'a pas oublié les règles de la plus pure galanterie, car il a commencé par séduire votre cœur au moyen de riches présents. Au moins, ne soyez pas trop cruelle à ce désespéré d'amour.

Par ses joyeux propos, la marquise parvint à rendre sa gaîté naturelle à Mlle de Scudéry qui repartit qu'elle voyait bien qu'elle serait obligée de céder et qu'on la verrait réduite, elle, fille de haute et vieille noblesse sans tache, à devenir à soixante-treize ans l'épouse d'un joaillier. La marquise lui promit de tresser sa couronne de fiancée et de lui enseigner les devoirs d'une parfaite ménagère, que devait ignorer encore une petite péronnelle d'une aussi tendre jeunesse.

Cependant, au moment de prendre congé de Mme de Maintenon, Mlle de Scudéry redevint très sérieuse.

— Quoi qu'il advienne, dit-elle, je ne porterai jamais ces bijoux, ils ont été en la possession d'infâmes coquins qui ont commis tant de vols et de meurtres qu'on croirait que le diable est leur capitaine, et de quelque façon qu'ils les aient eus, ces bijoux superbes me causent tant d'horreur que je cro'rai toujours les voir tachés de sang. Et puis maître Cardillac me cause une étrange et sinistre impression que je ne puis repousser, c'est comme le pressentiment de quelque effroyable mystère : cependant, plus je me rappelle les circonstances de toute cette affaire, moins je soupçonne en quoi consiste ce mystère, ni surtout de quelle façon ce modèle de l'honnêteté bourgeoise, cet homme si franc et d'une si grande probité, maître René enfin, pourrait s'y trouver mêlé. Mais ce que je sais bien, c'est que jamais je ne consentirai à me parer de ce collier.

La marquise lui fit observer qu'elle mettrait dans ce cas un peu d'exagération dans ses scrupules ; mais lorsque Mlle de Scudéry la pria de lui répondre ce qu'elle ferait à sa place, celle-ci lui dit d'un ton aussi convaincu que décidé : « Ah ! plutôt les jeter à la Seine que les porter jamais. »

Le lendemain, Mlle de Scudéry composa sur l'entrevue de Cardillac des vers très gracieux qu'elle lut le soir même devant le roi chez Mme de Maintenon. Il faut croire que, mettant de côté ses funestes pressentiments, elle avait su donner un tour plaisant à cette alliance d'un artisan avec une septuagénaire de la plus antique noblesse, car Sa Majesté en rit de tout cœur et soutint que jamais Despréaux n'avait fait d'aussi bons vers, ce qui les fit passer pour les plus élégants et les plus spirituels que jusqu'ici aucun poète eût produits.

IV

QUELQUES mois s'étaient écoulés et Mlle de Scudéry avait pu un peu oublier les événements précédents, lorsqu'elle vint à passer sur le Pont-Neuf dans le carrosse à glaces de Mme de Montausier. Ces élégantes voitures, d'invention toute nouvelle, attiraient toujours la curiosité du peuple sur leur passage et, ce jour-là, la foule oisive du Pont-Neuf l'entourait au point d'en retarder la marche. Tout à coup Mlle de Scudéry aperçut un jeune homme au visage pâle dont les yeux perçants étaient fixés sur elle, se frayer rudement un passage au milieu des groupes les plus serrés en jouant des épaules et des coudes. Arrivé près de la portière, il l'ouvrit violemment, jeta un billet sur les genoux de la vieille demoiselle et se retira comme il était venu, en échangeant grand nombre de coups de poing.

A l'apparition de cet homme, La Martinière, qui accompagnait sa maîtresse, s'é tait évanouie sur les coussins en poussant un cri de frayeur. Mlle de Scudéry appela le cocher à son aide, mais il était occupé par ses chevaux qui se cabraient; alors, avec son flacon d'eau de senteur, elle inonda sa caméristc qui ouvrit les yeux et revint enfin à elle en conservant sur les traits les marques du plus grand effroi.

— Sainte Vierge! dit-elle à sa maîtresse, d'une voix entrecoupée, que voulait cet homme abominable? Je l'ai reconnu, c'est bien lui, l'homme de la nuit, l'homme de la cassette!

Mlle de Scudéry la rassura, lui montra le billet qu'il avait laissé, le déplia et y lut ceci :

« Prêt de tomber au fond d'un abîme, je me jette à vos pieds, vous conjurant de détourner la fatalité qui m'y précipite. Je vous supplie, comme un enfant supplie sa mère, de renvoyer chez maître Cardillac le collier et les bracelets que vous tenez de moi. Mais prenez un prétexte, comme celui de faire changer ou ajouter un ornement. Votre salut, votre vie en dépendent, et si, demain, vous n'aviez pas exaucé ma prière, j'irais chez vous me poignarder sous vos yeux. »

— Je suis bien sûre, dit Mlle de Scudéry après avoir lu, que ce mystérieux individu, fît-il partie de cette bande de voleurs et d'assassins qui terrifie la ville, n'a aucun dessein funeste contre ma personne. Et s'il était parvenu jusqu'à moi, la nuit où il nous apparut pour la première fois, qui sait si quelque étrange révélation ne m'eût pas fait trouver toutes naturelles les étranges conjonctures au milieu desquelles je me trouve.

« Qu'il en advienne ce qu'il pourra, je ferai d'autant plus ce que l'on réclame de moi dans cette lettre, que cela s'accorde avec mon désir de me défaire de cette maudite parure que j'ai toujours considérée comme un présent diabolique, et une fois dans ses mains, Cardillac, suivant son habitude, ne l'en laissera pas facilement sortir.

Fidèle à la résolution qu'elle avait prise, Mlle de Scudéry, dès le lendemain, se disposait à se rendre chez le joaillier pour lui remettre sa parure ; elle en fut empêchée par la foule des beaux esprits de la capitale qui semblait s'être donné rendez-vous chez elle ce jour-là pour l'assaillir de leurs vers, de leurs comédies et de leurs nouvelles.

Ce fut Racine qui vint, avec une de ses tirades royales, éclipser un récit tragique de Chapelle, puis les éternelles discussions sur la colonnade du Louvre par le médecin-architecte Perrault auxquelles succéda le feu d'artifice de la verve brillante de Boileau.

Enfin, comme Mlle de Scudéry avait encore à se rendre chez Mme la duchesse de Montausier et que la journée était déjà très avancée, elle remit au jour suivant sa visite à Cardillac. Mais elle se sentait prise d'une inquiétude persistante, elle revoyait l'image de son jeune solliciteur et en recevait comme une lointaine réminiscence de ses traits. La nuit, des rêves pénibles interrompirent son sommeil; elle revoyait le malheureux qui l'implorait, glisser dans un abîme en tendant vers elle des mains suppliantes. Son agitation était extrême; elle s'imputait à négligence son retard involontaire comme s'il avait été en son pouvoir de prévenir un crime affreux. Aussi, le jour parut-il à peine que, s'emparant de l'écrin, elle se fit conduire en voiture chez maître René.

La rue Saint-Nicaise, où demeurait le joaillier, était remplie par la foule du peuple qui devenait plus compacte devant la porte de sa maison, et poussait des cris d'imprécation et des menaces de mort en tentant d'y pénétrer malgré la maréchaussée qui en garnissait les abords. Puis, Desgrais arrivant, suivi d'une nombreuse escorte, il fit former la haie au travers de l'épaisseur de la foule. A ce moment, la porte de la maison s'ouvrit et on en fit sortir, porté par des soldats, un homme chargé de chaînes et que le peuple poursuivit de cris furieux et de malédictions. Devant ce spectacle, Mlle de Scudéry fut saisie d'épouvante et d'un horrible pressentiment. Au même instant, un cri déchirant de désespoir frappa son oreille : « Avancez plus près ! » cria-t-elle au cocher.

Celui-ci, par un mouvement habile, écarta la foule et s'arrêta à la porte de la maison gardée. Mlle de Scudéry y aperçut Desgrais dont une jeune fille, belle comme le jour, embrassait les genoux; les cheveux épars, le visage inondé de larmes et contracté par une mortelle angoisse, elle ne cessait de s'écrier : « Mais il est innocent! » Elle résistait aux gens de Desgrais qui essayaient de la retirer de là, lorsqu'une espèce de colosse la saisit brutalement de ses larges mains et l'arracha avec violence des genoux de Desgrais. Mais il se heurta à des marches et la laissa tomber sur la pierre où elle demeura inanimée.

Ne pouvant plus se contenir, Mlle de Scudéry s'élança de sa voiture en s'écriant : « Mais, au nom du ciel! que se passe-t-il ici? » Et voyant que quelques femmes charitables donnaient des soins à la jeune fille et l'avaient assise sur les marches après l'avoir relevée, elle s'approcha vivement de Desgrais et lui renouvela sa question.

— Ce qui s'est passé est affreux, dit Desgrais. René Cardillac a été assassiné par son apprenti, Olivier Brusson, qu'on vient à l'instant même de mener en prison.

— Mais cette jeune fille? s'écria Mlle de Scudéry.

— C'est la fille de Cardillac, Madelon, dont l'assassin était l'amant; je vais également la faire conduire à la Conciergerie Quoiqu'elle ne cesse de pleurer et de crier qu'Olivier est absolument innocent, je suis certain que si elle n'est pas complice, elle doit néanmoins savoir quelque chose.

En disant cela, il regardait avec une joie triomphante Madelon qui commençait à respirer; mais, incapable encore de parler, elle demeurait les yeux fermés. Mlle de Scudéry émue, les yeux pleins de larmes, contemplait cette figure angélique de l'innocence, quand des pas lourds se firent entendre; c'était le cadavre de Cardillac qu'on emportait.

Prenant promptement sa résolution, Mlle de Scudéry s'écria : « J'emmène cette jeune fille avec moi, il est impossible de la secourir ici. » Un vif murmure d'approbation se fit entendre, les femmes aussitôt soulevèrent la jeune fille dans leurs bras, cent mains se présentèrent pour les aider et la jeune fille ainsi soutenue fut déposée sur les coussins du carrosse, pendant que la vénérable demoiselle qui dérobait l'innocence au tribunal sanguinaire recevait les bénédictions de la foule qui l'entourait.

Fagon, le plus habile médecin de Paris, parvint à tirer Madelon d'une syncope qui avait duré plusieurs heures et à la ramener tout à fait à la vie. Mlle de Scudéry acheva la guérison en faisant pénétrer dans l'âme de la jeune fille, quelques lueurs d'un doux espoir, et des torrents de larmes soulagèrent enfin ce cœur oppressé. Ce ne fut cependant qu'en se reprenant bien des fois qu'elle vint à bout du récit de ce qui s'était passé, l'excès de son désespoir lui arrachant souvent des pleurs.

A minuit, elle avait été réveillée par de légers heurts à sa porte. Reconnaissant la voix d'Olivier qui la conjurait de venir auprès de son père à l'agonie, elle s'était promptement levée et lui avait ouvert. Pâle, défait, tenant un flambeau, il s'était dirigé vers l'atelier en chancelant, Elle l'avait suivi. Là, elle vit son père étendu, les traits contractés, luttant contre le dernier râle de la morte Elle s'était jetée éperdue sur lui, et ce n'est qu'à ce moment qu'elle avait vu ses habits ensanglantés. Olivier l'avait doucement éloignée pour entreprendr. de laver et de panser la blessure que le vieillard avait au sein gauche. Pendant ces soins, son père était revenu à lui et le râle s'était interrompu ; il les enveloppa tous deux d'un regard de tendresse, leur prit les mains, les mit l'une dans l'autre et les avait serrées ensemble avec force. Tous deux s'étaient mis à genoux devant sa couche. Il avait essayé de se soulever, mais il était retombé avec un gémissement douloureux. Il était mort.

Après qu'ils eurent donné un peu de soulagement à leur douleur en versant d'abondantes larmes, Olivier lui avait appris comment son maître avait été assassiné devant lui dans une course nocturne où il avait été tenu de le suivre, et comment, ne le croyant pas atteint mortellement, il avait, avec une peine infinie, porté ce pesant fardeau jusqu'au logis. Le jour venu, les voisins, dont l'attention avait été éveillée pendant la nuit par toutes ces allées et venues et par l'expansion de leur douleur, s'étaient introduits chez Cardillac, auprès duquel ils se lamentaient et priaient encore. Alors ils avaient été prévenir les gens de justice et la maréchaussée avait traîné Olivier en prison sous l'accusation d'assassinat.

Son récit achevé, Madelon vint à dire comment elle s'était sentie attirée vers Olivier, touchée de sa vertu, de sa piété, du culte qu'il avait pour son patron qu'il vénérait à l'égal de son véritable père; et comment celui-ci, qui le chérissait à son tour, l'avait choisi pour gendre malgré sa pauvreté, et à cause de son habileté aussi grande que son dévouement, et de la noblesse de son caractère. Madelon ouvrait son cœur avec un tel entraînement qu'elle en vint à dire : qu'aurait-elle vu son Olivier enfoncer le poignard dans le cœur de son père, elle croirait avoir été la dupe d'une illusion venue de l'enfer, plutôt que croire capable d'un crime aussi noir son bien-aimé Olivier.

Profondément émue de l'expression des souffrances de Madelon et toute disposée à croire à l'innocence d'Olivier, Mlle de Scudéry se renseigna ; elle se vit confirmer l'excellence des rapports privés de l'apprenti avec son maître ; les voisins ainsi que les gens de la maison s'accordaient à présenter Olivier comme un exemple de conduite morale et de probité laborieuse, aucun ne trouvait de motif de reproche à lui adresser. Mais, sur le fait de ce meurtre épouvantable, ils haussaient les épaules, disant qu'ils ne pouvaient comprendre une choses incompréhensible.

La première fois qu'il fut amené devant les juges de la Chambre ardente, Olivier nia avec autant d'énergie que de fermeté le fait de l'accusation qui pesait sur lui. Il soutint que son maître avait été frappé dans la rue, sous ses yeux, et qu'il vivait encore lorsqu'il l'avait porté à sa maison, mais qu'il y avait bientôt expiré.

Ce récit, dont Mlle de Scudéry fut informée, était conforme à celui de Madelon, par qui elle se faisait souvent redire les moindres circonstances de cette catastrophe. Elle s'informa avec soin s'il ne s'était jamais élevé de querelle entre le patron et l'ouvrier ; si celui-ci n'était pas sujet à se laisser emporter à des accès inopinés de violente colère qui souvent s'emparent des hommes les plus doux, et les portent à des actions dont leur libre arbitre devait être considéré comme exclu. Mais plus

Madelon donnait de détails sur la vie intérieure de ces trois personnes, dont le parfait bonheur était le résultat de l'affection la plus intime, plus elle dissipait le reste de soupçons qui pouvaient subsister encore.

En supposant, malgré tout ce qui parlait en faveur d'Olivier, qu'il ait été réellement l'assassin de Cardillac, Mlle de Scudéry ne put trouver dans l'ordre des choses possibles un semblant de raison pour lui attribuer ce crime horrible, dont la première conséquence était de détruire son bonheur. Il était pauvre, mais habile artisan ; il parvenait à gagner l'affection du maître le plus célèbre de l'époque; il en aimait la fille, et ce patron favorisait son amour; ainsi l'aisance et le bonheur lui sont assurés pour la vie. Eh bien, quand, Dieu sait pour quel motif, Olivier, animé d'on ne sait quel ressentiment, devenu fou de colère, aurait tué son bienfaiteur, son second père, de quelle monstrueuse hypocrisie ne faudrait-il pas encore supposer qu'il ait l'habitude, pour conserver tant de candeur après son forfait ?

Intimement persuadée de l'entière innocence d'Olivier et assurée de la ferme volonté de le sauver à tout prix, Mlle de Scudéry avait résolu de s'adresser au président La Reynie pour lui représenter toutes les circonstances qui témoignaient de l'innocence d'Olivier et par là lui inspirer une prévention favorable qui ne manquerait pas de gagner les autres juges. Et si elle ne sauvait pas ainsi son protégé, elle se résoudrait enfin à faire un appel désespéré à la clémence royale.

V

Distinguée par le roi lui-même, Mlle de Scudéry devait être accueillie par M. de La Reynie avec des égards d'autant plus marqués que l'exemple partait de plus haut. La digne demoiselle, reçue avec la déférence qui lui était due, fut écoutée tranquillement tant qu'elle ne parla que du crime, des circonstances qui avaient suivi, de la position et du caractère d'Olivier; mais, lorsqu'elle en fut à s'adresser directement à La Reynie, à faire appel à son bon vouloir, à son équité, à lui représenter qu'un juge était le protecteur et non l'ennemi de l'accusé et qu'il devait prendre à cœur et tirer parti de tout ce qui se présentait en sa faveur; alors un imperceptible sourire d'ironie fut la seule marque à laquelle on put reconnaître qu'il écoutait. Quand, à bout de forces, ayant épuisé tous les arguments en faveur de son protégé, elle se tut pour essuyer son visage mouillé de ses pleurs, La Reynie lui répondit ceci :

— Il est digne de la sensibilité de votre grande âme, mademoiselle, de vous être laissé toucher par les larmes d'une jeune fille amoureuse, de n'avoir pas douté de ce qu'elle vous a dit, et de ne pas être susceptible de concevoir une horrible atrocité. Mais il en est différemment du juge, habitué qu'il est d'arracher sans émotion le masque de vertu emprunté par l'hypocrisie.

« Je dois faire mon devoir, quel que soit le jugement du monde. Il faut que les criminels redoutent cette Chambre ardente qui ne doit appliquer d'autre châtiment que celui du fer et du feu.

« Certes, rien ne m'oblige à me dévoiler à tous ceux qui m'interrogent, mais je ne voudrais pas que vous vous fassiez de mon caractère l'idée d'un monstrueux rigorisme. Laissez-moi donc vous prouver, d'une façon nette et rapide, la culpabilité de ce jeune criminel, qui, grâce à Dieu, n'a pu échapper à la justice des hommes. Alors, je suis sûr, mademoiselle, que la justesse de votre esprit chassera d'elle-même ces élans de clémence qui vont si bien à la sensibilité de votre cœur, mais qui ne sauraient être mon partage.

« Jugez-en : Cardillac est trouvé un matin dans sa maison, tué d'un coup de poignard ; auprès de lui, personne, sauf sa fille et son apprenti. De plus, dans la chambre d'Olivier Brusson on trouve un poignard fraîchement taché de sang et qui s'adapte

L'officier était debout et c'est Cardillac qui était mort.

BIBLIOTHÈQUE NATIONALE RF

exactement à la blessure. Interrogé, Olivier dit que Cardillac fut tué dans la rue, sous ses yeux.

« — Était-ce pour le voler ? lui demande-t-on.

« — Je ne sais.

« — Vous étiez avec lui et vous ne l'avez pas défendu, vous n'avez pas pu arrêter son meurtrier ou crier à l'aide ?

« — Maître Cardillac me précédait et j'étais à vingt pas de lui, au moins.

« — Pourquoi si loin ?

« — C'était sa volonté.

« — Mais enfin, pour quelle affaire maître Cardillac se trouvait-il si tard par les rues ?

« — Je ne saurais pas le dire.

« — Il y avait cependant un motif pressant, sinon puissant, et qu'il a dû invoquer pour vous engager à le suivre à une heure aussi tardive, lui qui ne sortait jamais passé neuf heures du soir ?

« Olivier reste muet d'abord, interdit, puis il pleure et proteste ensuite par tous les saints que maître René avait bien quitté son logis, cette nuit-là, et que c'est bien hors de chez lui qu'il a été frappé mortellement. Or, et daignez, mademoiselle, m'accorder toute votre attention, il est absolument prouvé que Cardillac n'a pas ouvert sa porte pendant la nuit : donc Olivier a menti impudemment.

« La serrure rend un bruit criard, et les lourdes

ferrures dont est garnie la porte ne lui permettent pas de s'ouvrir ou de se fermer sans produire un craquement retentissant qui parvient jusqu'aux étages les plus élevés; on ne peut donc sortir inaperçu. De plus, à côté de cette porte de la maison, habitent le vieux maître Claude Patru et sa servante, bonne femme de quatre-vingts ans encore alerte. Tous deux ont entendu, ce soir-là, Cardillac fermer, comme d'habitude, et cadenasser la porte à grand fracas, puis remonter, dire les prières du soir à haute voix et ensuite se retirer dans sa chambre, comme on pouvait le reconnaître au bruit de la porte dont il la ferma.

« Ainsi qu'il en arrive presque toujours pour les vieillards, maître Claude souffre souvent de l'insomnie, or, cette nuit même il ne pouvait parvenir à clore ses paupières; il appela sa vieille servante pour lui tenir compagnie.

« Il était environ neuf heures et demie lorsqu'elle se mit à table pour lire une vieille chronique pendant que maître Claude, suivant le cours de ses idées, tantôt s'asseyait, tantôt se levait de son fauteuil et marchait à pas lents de long en large pour gagner le sommeil par de la fatigue.

« Jusqu'à minuit toute la maison demeura silencieuse; mais quand vint à peu près cette heure-là, ils perçurent, au-dessus de leurs têtes, le cheminement de pas alourdis, suivi bientôt d'un grand ébranlement, comme celui produit par la chute d'un poids considérable qu'accompagnèrent de longs gémissements.

« Leur imagination vivement frappée leur fit pressentir l'horreur du crime qui se commettait. Ils en demeurèrent saisis de frayeur jusqu'à ce que le jour vînt révéler à tous le forfait de la nuit.

— Maintenant que je vous ai fait connaître la situation d'Olivier dans cette famille, reprit Mlle de Scudéry, quel mobile supposeriez-vous à cet horrible attentat ?

—Oh! oh! Cardillac avait en sa possession des pierreries magnifiques, il n'était pas pauvre non plus...

— Je vous comprends, seulement vous oubliez qu'Olivier allait être son gendre et que sa fille devait hériter de tous ces biens-là.

— Et si, répliqua La Reynie, il n'avait commis ce crime qu'à l'instigation d'un complice, avec qui il devait partager ?

— Assassiner pour le compte d'un autre! Partager! s'exclama Mlle de Scudéry, au comble de la stupéfaction.

— Croyez bien qu'Olivier n'aurait pas autant tardé à être traîné sur la place de Grève pour y laisser sa tête, poursuivit le président, si l'on ne croyait pas que son forfait se rattache à cette série de crimes qui sèment tant d'épouvante par la ville.

Certainement il fait partie de cette bande redoutable qui jusqu'ici a su déjouer la surveillance et les recherches de la justice. Maintenant qu'il est en notre pouvoir, tout s'éclaircit : Voyez, la blessure dont est mort René Cardillac était la même que celles dont furent atteintes tant d'autres victimes. Une raison plus concluante encore, c'est que depuis l'arrestation d'Olivier Brusson, on ne signale plus ni vols ni assassinats, et que la circulation est aussi sûre la nuit que pendant le jour, preuve évidente qu'il devait être le chef de ces bandits. Jusqu'à ce jour il a constamment nié et refusé de faire aucun aveu; mais pour qu'il change de résolution, nous avons des moyens particuliers...

— Mais alors quel rôle supposeriez-vous donc à cet ange d'innocence, à la naïve Madelon ?

— Eh ! quel intérêt croyez-vous que lui inspire son père ? dit La Reynie. Est-ce sur lui qu'elle pleure ? Ce n'est que sur le sort de l'asssassin qu'elle verse des larmes. Qui me prouve, ajouta-t-il, avec un rire sardonique, qu'elle n'est pour rien dans le crime ?

— Oh ! est-il donc possible même de le supposer ? Une jeune fille ! Et son père, encore !

— Rappelez-vous la Brinvilliers ! — Et vous ne serez point surprise si je me vois dans la nécessité de vous arracher votre protégée pour l'envoyer rejoindre celui qu'elle aime.

Il sembla à Mlle de Scudéry, toute frissonnante encore de ces monstrueuses suppositions, que devant ce juge terrible, épiant et interprétant les plus secrètes pensées, les moindres battements du *cœur*, il ne pouvait rien demeurer d'honorable et de vertueux, sans qu'il cherchât à le flétrir d'une intention criminelle. Elle se leva; vivement affectée et la poitrine oppressée, elle ne put que prononcer ces deux mots : « Soyez humain. »

Pendant que le président l'accompagnait avec une cérémonieuse politesse jusqu'au perron de l'escalier, il lui surgit un étrange projet.

— Me permettriez-vous, dit-elle en se retournant vivement, d'approcher du malheureux Olivier?

Prenant ce sourire désagréable qui lui était propre, La Reynie fit quelque peu attendre sa réponse.

— Je pressens, respectable demoiselle, que, vous fiant davantage aux élans de votre cœur qu'à toutes les preuves acquises de mes yeux, vous désirez apprécier par vous-même le plus ou moins d'innocence d'Olivier. Si donc, vous n'hésitez pas à pénétrer dans l'antre du crime, si le répugnant tableau de toutes les dégradations humaines ne vous fait pas reculer, dans deux heures on ouvrira pour vous les portes de la Conciergerie, et cet Olivier, au sort duquel vous accordez un si puissant intérêt, sera mis en votre présence.

Rien n'était moins sûr pour Mlle de Scudéry que la culpabilité de ce jeune homme. Tout l'accablait, c'est vrai, et La Reynie, en possession de témoignages décisifs, agissait comme tout autre juge en ce monde eût agi ; mais tous les soupçons s'effaçaient dans l'esprit de la demoiselle par le souvenir des confidences émouvantes de Madelon, et plutôt que d'accepter cette culpabilité contre laquelle se dressaient tous les sentiments délicats de son âme, elle préférait admettre la possibilité d'un mystère insondable.

Voulant approfondir ce secret que les juges n'avaient pas encore pénétré, elle résolut de se faire répéter une fois de plus, mais par Olivier alors, toutes les péripéties de la nuit mystérieuse.

C'était dans une vaste salle, éclairée, qu'avait été introduite Mlle de Scudéry quand elle s'était présentée à la Conciergerie. Bientôt un traînement de chaînes lui annonça la venue du prisonnier. Dans l'instant où Olivier lui apparut dans l'encadrement de la porte, Mlle de Scudéry tomba évanouie. Quand elle eut repris ses sens, Olivier n'était plus là. Mais aussitôt elle demanda avec insistance qu'on la ramenât sans tarder à sa voiture, voulant quitter au plus vite ce séjour d'ignominie. Elle venait de reconnaître, dans Olivier Brusson, l'homme du Pont-Neuf, par conséquent, celui qui avait porté chez elle les bijoux de Cardillac.

VI

OLIVIER Brusson, s'il n'était pas le chef de la bande des assassins, en faisait bien partie, il n'y avait plus à en douter; les présomptions de La Reynie étaient justes. Ah! jamais les pressentiments de sa conscience ne s'étaient changés en d'aussi cruelles désillusions. Elle en vint à douter de toute vérité et son premier doute se dirigea sur Madelon.

Vue au travers de ce nouveau sentiment, toute la conduite de cette malheureuse enfant lui parut tout autre; sous ce nouveau jour, le moindre détail qui la veille lui avait semblé une preuve de pureté naïve, devenait avec cette prévention une preuve absolue d'une précoce hypocrisie. Larmes et désespoir n'étaient plus de l'appréhension sur le sort du bien-aimé, mais sa crainte personnelle du bourreau. Si bien qu'en arrivant chez elle, le résultat de toutes ces nouvelles impressions de Mlle de Scudéry, fut qu'il fallait se débarrasser au plus tôt de ce serpent qu'elle avait réchauffé dans son sein.

Néanmoins lorsqu'elle arriva, elle dut s'imposer une grande contrainte pour accueillir froidement Madelon qui vint se jeter à ses pieds, implorant une parole de consolation, elle ne parvint pas même à prendre un ton sévère pour lui dire :

— Cessez de regretter un assassin qui n'a plus qu'à subir la juste punition de ses crimes, et que la Sainte Vierge vous préserve vous-même d'avoir à répondre d'un attentat sacrilège.

— Mon Dieu !...

En criant cet appel désespéré, Madelon tomba inanimée. Mlle de Scudéry l'abandonna aux soins de sa servante et se retira. Elle l'entendit dire à La Martinière qui la faisait renaître :

— Elle aussi m'abandonne !... Ah ! pauvre Madelon !... malheureux Olivier !

Ces quelques paroles lui déchirèrent le cœur, d'où s'échappait encore un reste de croyance en l'innocence de ces enfants.

Dans cet instant, Baptiste, la figure toute bouleversée, entra lui dire que Desgrais était en bas. — Depuis le procès de la Voisin, la venue de Desgrais dans une maison était l'annonce d'une accusation capitale, c'est pourquoi Baptiste était si effrayé.

— Eh bien! qu'est-ce? Mon nom se trouverait-il sur une note de la Voisin?

— Ah! mademoiselle! comment pouvez-vous plaisanter avec un nom pareil? Mais le redoutable Desgrais semble ne pas vouloir souffrir de retard à vous parler.

— Faistes-le donc entrer sans retard, cet homme terrible, qui ne me cause, du reste, aucune inquiétude.

Et de fait, Desgrais se présenta plus en solliciteur qu'en envoyé inquiétant de la justice.

— Mademoiselle, commença Desgrais, si vous ne vous étiez pas de vous-même intéressée à cette étrange affaire dont est actuellement saisie la Chambre ardente et qui nous tient tous en si grand souci, le président ne m'aurait certes pas envoyé vous adresser une prière, qu'il ne compte voir exaucée qu'en faveur de cet intérêt qu'il vous a vu y prendre.

« Devenu fou après vous avoir vue, Olivier Brusson jure plus que jamais, par le Christ et les saints, qu'il est innocent de la mort de Cardillac, mais qu'il est prêt à subir le châtiment qu'il a du reste mérité. Cette dernière phrase, remarquez-le, mademoiselle, est l'aveu formel d'autres méfaits. Seulement, là se bornent ses aveux, la menace de la torture ne lui arrache pas un mot de plus ; mais il nous supplie de lui faire obtenir une entrevue avec vous; à vous seule il avouera tout. A mon tour, je viens vous conjurer de consentir à lui faire cette grâce de recevoir sa confession.

— Que me proposez-vous? s'écria Mlle de Scudéry. Abuser de la confiance d'un malheureux pour le faire monter à l'échafaud!

— Peut-être vous changerez d'avis, reprit l'astucieux Desgrais, si vous daignez considérer que vous avez sollicité le président d'être humain et qu'il vous fournit les moyens d'épargner à Olivier Brusson l'application de la torture que son mutisme entêté lui a méritée depuis longtemps.

Et il ajouta, remarquant que Mlle de Scudéry tremblait de frayeur malgré elle :

— Au surplus, on veut vous éviter les angoisses d'une nouvelle visite à la Conciergerie; Olivier, sous une certaine apparence de liberté, sera conduit dans votre maison au milieu de la nuit, il pourra ainsi vous faire ses révélations sans contrainte et même sans être épié. Je jure sur ma vie que vous n'avez rien à redouter de ses entreprises sur votre personne, dont il parle avec un religieux respect, et il demeure convaincu que, seule, la fatalité qui l'a empêché de vous rencontrer, est la cause de sa perte. Je ne me serais pas entièrement conformé aux intentions de M. le président si je n'ajoutais qu'il ne peut vous imposer aucune obligation et que vous ne direz des secrets d'Olivier Brusson que ce que vous jugerez à propos de révéler.

Absorbée dans ses réflexions, Mlle de Scudéry comprit qu'elle ne pouvait couper court à des démarches dans lesquelles elle s'était volontairement engagée, et, prenant sa résolution, elle dit avec dignité :

— J'en aurai le courage, Dieu m'en donnera la force ; amenez Brusson.

A la même heure qu'Olivier avait apporté le coffret, à minuit, on frappa à la porte de la maison ; Baptiste, qui avait été prévenu, alla ouvrir. Les hommes de Desgrais prirent leurs postes à toutes les issues et celui-ci conduisit Olivier auprès de Mlle de Scudéry ; il salua respectueusement et se retira.

En présence de Mlle de Scudéry, Brusson, fondant en larmes, se jeta à ses pieds en joignant ses mains tendues vers elle. Malgré que ses angoisses et l'horreur de sa position lui eussent flétri les traits, ils n'avaient pas perdu leur expression de loyauté et Mlle de Scudéry, d'abord pâle et tremblante, sentit sa frayeur s'évanouir en le contemplant. Plus elle le considérait, plus elle croyait de nouveau se rappeler un être cher, sans cependant le définir ; elle en arriva à oublier qu'elle avait devant les yeux l'assassin de Cardillac.

De son ton naturellement gracieux et bienveillant, elle l'invita à parler.

— Eh bien! Brusson, qu'avez-vous à me dire?

Toujours à genoux, celui-ci, refrénant ses larmes, lui répondit en soupirant :

— Hélas! je ne vous rappelle donc rien?

— Si, certaine ressemblance avec une personne que j'aimais, ressemblance qui m'a seule fait surmonter l'horreur que m'inspire votre crime et m'a disposée à vous écouter.

Olivier se releva brusquement, blessé par ces paroles, et répliqua sourdement :

— Avez-vous donc oublié aussi qu'Anne Guiot avait un fils qui se nommait Olivier? Eh bien, cet enfant que vous avez si souvent endormi sur vos genoux, il est devant vous, c'est moi!

Mlle de Scudéry se couvrit le visage de ses deux mains et se laissa aller sur les coussins de son fauteuil en invoquant tous les saints.

Elle avait bien des raisons d'être aussi violemment émue, la bonne demoiselle. Cette Anne Guiot avait été pour ainsi dire sa seule famille. Mlle de Scudéry l'avait recueillie et élevée depuis son enfance et lui avait prodigué les soins et la tendresse d'une mère. Devenue jeune fille, elle avait épousé un honnête et beau jeune homme nommé Claude Brusson, fort habile en son métier et venu de Genève pour s'établir horloger à Paris. Très heureux dans leur ménage, la naissance d'un superbe enfant, vivant portrait de sa charmante mère, vint augmenter leur félicité.

Le petit Olivier, pour qui Mlle de Scudéry continuait l'affection qu'elle avait eue pour la mère, en était idolâtré et tant choyé qu'il restait aussi volontiers près d'elle qu'avec ses parents. Après trois ans d'un bonheur à peu près complet, il arriva que les confrères de Brusson, devenus jaloux de sa réussite, se liguèrent contre lui et parvinrent à le faire priver de tout travail. La gêne devint si pressante que le pain de la journée n'était pas toujours assuré. Rebuté, et tourmenté du désir de revoir sa patrie, il résolut de se retirer à Genève avec sa petite famille, et malgré que Mlle de Scudéry lui promît de lui continuer ses secours, il partit.

Vingt-trois ans s'étaient écoulés lorsque Mlle de Scudéry se dut contraindre à reconnaître cet enfant de son cœur.

— Tu es Olivier! s'écria-t-elle après que le plus fort de son émotion l'eut quittée, toi, le fils de ma chère Anne!... Ah! c'est horrible!

Brusson lui répondit avec un calme qui n'était pas exempt de dignité :

— Certes, nul ne vous eût prédit que cet enfant que vous pressiez dans vos bras en l'appelant des noms les plus doux, comparaîtrait un jour devant vous, accusé d'un grand crime! Je suis loin d'être sans reproches et la Chambre ardente peut sans trop se tromper me traiter en malfaiteur; mais aussi sûrement que j'espère être pardonné de Dieu même en périssant par la main du bourreau, je jure que je ne suis pas un meurtrier et que je ne suis pas même responsable de la mort de mon maître.

Comme il chancelait sur ses jambes, Mlle de Scudéry lui indiqua du geste un siège placé en face d'elle; il s'y laissa aller machinalement et commença le récit de ses malheurs.

— Vous devez être convaincue de mon innocence.

BIBLIOTHÈQUE R.F.

VII

CET entretien avec vous, la dernière faveur céleste que j'aurai reçue sur la terre, j'ai eu le temps de m'y préparer et je ne me départirai pas du sang-froid respectueux que commande votre présence, quelle que soit la souffrance que me causera la réminiscence de mes douleurs et le récit de l'acharnement inouï de la fatalité contre mon sort.

« Aussi loin que se reportent mes souvenirs, j'y aperçois mes parents m'arrosant de leurs larmes, ce qui provoquait les miennes sans connaître ou comprendre la cause de leurs plaintes amères. Devenu plus grand, je n'en saisis que trop les motifs en en ressentant les effets ; j'avais alors le sentiment de l'extrême misère dans laquelle ils étaient tombés. En un mot, déçu dans ses espérances, abattu par le chagrin, épuisé par toutes les privations, mon père mourut après qu'il m'eut mis en apprentissage chez un orfèvre. Ma mère, qui parlait de vous chaque jour, voulait souvent vous écrire et vous demander aide et secours, mais soit par fierté, fausse honte ou découragement complet, elle suivit de près mon père dans la tombe, sans avoir exécuté son projet.

— Ma pauvre Anne! soupira douloureusement Mlle de Scudéry.

Mais Olivier, regardant le ciel d'un air farouche, dit d'un air sombre :

— Merci à la Providence de ce qu'elle ne puisse voir son fils chéri en cette posture infamante. Mais je continue : Bien que j'eusse assez promptement dépassé en habileté les autres compagnons et dans la suite lutté avec mon maître et l'avoir dépassé bien souvent, il me traitait mal. Aussi, un jour qu'un étranger qui me complimentait sur un travail que j'avais exécuté, venant à dire qu'il ne connaissait que René Cardillac qui pût rivaliser avec moi et me surpasser, je n'eus plus qu'une idée en tête, c'était de venir en France travailler sous les ordres de Cardillac et apprendre de ce maître ce qu'il me restait encore à savoir. Enfin, ayant réussi à rompre mon engagement, je partis.

« Très mal reçu et même rudoyé par maître René, je ne me décourageai pas; à force d'instances, j'obtins de lui façonner une petite bague, et lorsque je la lui présentai, son accueil devint beaucoup plus bienveillant.

« — Tu es un habile compagnon, fit-il, tu es digne d'entrer chez moi, je t'ouvre mon atelier, où tu seras content de moi et bien payé.

« Il tint parole.

« Je travaillais depuis plusieurs semaines chez lui sans connaître encore sa fille, qui était chez une parente à la campagne. Mais quand elle arriva!... Comment peindre ce que j'éprouvai ? Je n'aurais pu moi-même donner un nom au sentiment qui s'empara de moi ; enthousiasme, respect, crainte, adoration et amour, tout cela je le ressentis à la fois!... Je le ressens encore!... Mais maintenant!... O Madelon!

Accablé par l'émotion, Olivier cacha son visage et pleura beaucoup; quand il eut surmonté cette faiblesse, il reprit :

— Madelon, peu à peu, venait plus souvent à l'atelier et finit par me regarder d'un œil amical. Quelles ivresses lorsque, après avoir écouté mes transports, elle me laissa aussi connaître son amour! Que de serrements de mains dans lesquels passaient nos âmes!

« Cardillac semblait ne rien avoir vu de notre naissante amitié, ni du sentiment plus ardent qui lui succéda. Je m'efforçais de mériter de plus en plus sa bienveillance et son amitié et je songeais à obtenir la maîtrise pour demander la main de Madelon.

Mais un jour que je me disposais à commencer mon travail, Cardillac entra inopinément et, se plaçant devant moi, me dit d'un ton courroucé :

« — Sors d'ici et n'y reparais jamais... je n'ai pas besoin de te dire pourquoi. Le fruit que tu voudrais cueillir tient à une branche trop élevée pour un pauvre hère tel que toi.

« Je voulus répondre, alors il me saisit vigoureusement et me poussa dehors si violemment que je roulai à terre et me blessai grièvement. Je quittai la maison et j'errai par les rues, colère et désolé, quand je fis la rencontre d'une connaissance à qui je contai mon chagrin et qui me recueillit dans son grenier.

« Je ne pouvais prendre de repos. Les nuits, je les passais à rêver et me plaindre devant les croisées de ma chère Madelon, m'imaginant qu'elle devait entendre mes soupirs, deviner ma présence et qu'elle allait m'apparaître. Je me berçais de la folle espérance de la faire consentir à mille projets extravagants qui agitaient mon esprit.

« La cour de la maison de Cardillac est close par une vieille muraille dans laquelle on avait pratiqué des niches dont quelques-unes sont encore garnies de statues mutilées. Une nuit que je regardais les fenêtres qui donnent sur cette cour, j'aperçus soudain de la lumière dans l'atelier. Cardillac avait l'habitude de se coucher à neuf heures sonnant et il était minuit. Je pensais immédiatement qu'il était advenu quelque chose d'extraordinaire qui allait peut-être me donner le prétexte de pénétrer dans la maison. La lumière disparut subitement; instinctivement je me blottis contre une niche, mais je me sentis repoussé comme si la statue était animée. Je recule épouvanté et je vois la pierre, continuant son mouvement, livrer passage à un homme qui descend la rue avec rapidité. Je m'élance sur la statue : elle était à sa place et tenait à la muraille. Sans y réfléchir, comme fasciné, je suis les pas de l'inconnu. Arrivé près d'une statue de la Vierge, il se retourne : la lampe brûlant devant la sainte éclaire en plein sa figure : c'était Cardillac! Le mystère devenait plus profond; mais il m'intéressait davantage; je continuai de le suivre à distance. Arrivé à un détour je le perdis de vue, mais le son d'une petite toux que je connaissais bien me fit augurer qu'il s'était retiré dans l'embrasure d'une porte. A mon tour je me serrai contre les maisons. Au même instant un homme dont on entendait sonner les éperons arrive en chantonnant; Cardillac s'élance sur lui comme un tigre et l'homme tombe en râlant.

« — Maître Cardillac, que faites-vous? criai-je en me précipitant de son côté.

« — Malédiction! rugit-il en s'enfuyant.

« Et il disparut comme un éclair.

« Je m'approchai de l'homme à terre et m'agenouillai pour voir s'il pouvait encore être secouru, sans apercevoir une escouade de maréchaussée qu'avaient attirée nos cris, et qui m'entoura et me saisit m'apostrophant :

« — Enfin! en voilà toujours un de la bande, allons, marche!

« Je balbutiai des protestations, et l'un d'eux, m'ayant éclairé le visage, s'écria en riant :

« — Eh! c'est le compagnon orfèvre de maître René. Ce n'est pas dans cette honnête famille-là qu'on a l'habitude d'assassiner les passants dans les rues, et ce n'est guère la coutume non plus des meurtriers de demeurer à se lamenter auprès de leur victime. Voyons, jeune homme, dites-nous comment cela est arrivé?

« — Je ne sais, j'ai vu un homme s'enfuir après avoir renversé celui-ci; alors j'ai crié et je m'en suis approché pour le secourir s'il n'était que blessé.

« — Non, dit l'un de ceux qui avaient relevé le cadavre, c'est juste au cœur, comme d'habitude, qu'il a été frappé; allons, nous sommes encore arrivés trop tard.

« Et ils s'éloignèrent en emportant l'homme assassiné.

« Demeuré seul, je crus que j'allais enfin m'éveiller, que tout ce que j'avais vu n'était qu'un horrible cauchemar, et je m'assis, défaillant, sur les marches d'une maison. Bientôt le jour vint à poindre et je pus voir à mes pieds le chapeau orné de plumes, d'un officier, et tout auprès les pavés tachés de sang. Je me dressai comme un ressort pris de tremblement. C'était donc vrai! maître René Cardillac, le père de mon idole, était un sinistre assassin.

« Je ne pourrais pas dire comment j'avais regagné ma mansarde ni depuis quand, et je m'y trouvais encore plongé dans une consternation profonde, lorsque la porte s'ouvrit et que Cardillac parut.

« — Vous! vous! Je ne trouvais pas d'autre apostrophe à lui crier, tant j'étais suffoqué.

« Lui, ne s'émut guère ; tout souriant, il s'assit avec aisance sur un vieil escabeau rompu, et me dit avec affabilité :

« — Eh bien ! Olivier, mon pauvre garçon, comment cela va-t-il? Je fus un peu brutal et mal avisé quand je te renvoyai de chez moi, car tu me manques. En ce moment même je suis attelé à un ouvrage que je ne saurais mener à bien si tu ne m'y aides. Si tu rentrais à l'atelier, hein? Tu ne veux pas me répondre? Allons, voyons, je sais bien que j'ai froissé ton amour-propre, mais j'ai été surpris par la colère en apprenant brusquement tes amourettes avec ma fille; mais depuis, j'ai eu le temps d'y réfléchir, et plus j'y pense, plus je suis persuadé que ton talent et ta probité font de toi le seul gendre que je doive désirer. Es-tu décidé? alors viens et ne songe plus dorénavant qu'à ton amour pour Madelon et au bonheur d'obtenir sa main.

« Tu hésites? poursuivit-il dans un transport de fureur; peut-être as-tu l'intention, auparavant, d'aller demander conseil à Desgrais ou à d'Argenson ou même à La Reynie. Mais songes-y bien, tu as tout honneur et profit à revenir travailler chez moi, le plus célèbre orfèvre connu, chez moi qu'abrite une si haute réputation d'honneur que tout essai de calomnie retomberait impitoyablement sur l'imprudent calomniateur...

« Il faut encore que je te dise, à propos de ma fille, que c'est elle que tu devras remercier de ma mansuétude, car vraiment elle t'aime avec une passion qne je n'aurais pas cru la douce enfant capable de ressentir. Après ton départ, que de supplications et de larmes n'employa-t-elle pas pour obtenir ton rappel! Et devant mon inflexibilité elle me déclara que loin de toi sa vie serait bientôt finie.

Je ne crus d'abord qu'à de simples manifestations romanesques que font volontiers les jeunes filles à propos du premier freluquet qui les a regardées tendrement. Mais à mes plus tendres remontrances, elle ne répondait que par ton nom répété sans cesse. De jour en jour elle languit et devint tout à fait malade. Devant ce désespoir réel, je fléchis. Je lui annonçai sa victoire et lui promis hier que tu viendrais la chercher aujourd'hui. Et voilà comment il se fait qu'en une nuit elle s'est épanouie comme une roso et qu'elle t'attend, bercée dans l'ivresse de son amour. »

« Comment cela se fit-il ? je ne m'en suis jamais préoccupé et, que la Providence me le pardonne ! tout à coup je me trouvai chez maître René et je vis et j'entendis ma tendre Madelon s'écrier dans un transport de bonheur : « Olivier! mon Olivier ! mon bien-aimé ! mon époux ! » Et pressé contre son cœur, je jurai, sur Dieu, la Vierge et les saints, de ne la quitter que pour nous rejoindre au ciel.

Trop ému de ces souvenirs, Olivier fut obligé d'interrompre son récit.

Terrifiée de la scélératesse d'un homme qu'elle avait cru l'honneur même, Mlle de Scudéry s'écria :

— Mais c'est inouï! ces malfaiteurs qui ont rendu Paris plus périlleux qu'un carrefour de forêt, Cardillac faisait partie de leur bande ?

— Comment dites-vous, mademoiselle ? Une

bande ? Mais jamais cette bande n'a existé. A lui tout seul Cardillac, dans sa perverse activité, a poursuivi et frappé tant de victimes. Mais laissez-moi continuer, la suite vous surprendra bien davantage.

« Le premier pas étant fait, il fût devenu inutile et dangereux de me retirer de chez mon maître dont je m'imaginais être devenu le complice. Seul, l'amour de Madelon parvenait à me faire oublier mes anxiétés continuelles ; car lorsque je travaillais avec son père à l'atelier, je ne pouvais ni lui parler ni le regarder en face, tant mon malaise était grand auprès de cet homme qui possédait toutes les vertus du père le plus tendre, alors que la nuit il se revélait comme un vampire insatiable.

« Il m'arrivait encore de penser que si la colère céleste venait à s'appesantir sur ce malheureux, sa fille, qui l'idolâtrait comme un dieu, mourrait de cet excès de désillusion ; quand j'aurais dû souffrir tous les maux, cette raison seule me forçait au silence.

« Ordinairement de joyeuse humeur, Cardillac parut un jour à l'atelier le visage sombre et se mit au travail d'un air préoccupé, et à peine y eut-il mis la main qu'il jeta brusquement son ouvrage en me disant avec résolution :

« — Cette position est insupportable, elle ne peut

pas durer. Olivier, tu es le maître d'un secret que toutes les ruses de la police n'avaient pu faire découvrir. Aussi bien, c'est ta mauvaise étoile qui a rendu ta présence impénétrable à mes sens exercés, moi qui dans la nuit y vois distinctement comme le tigre et qui perçois jusqu'au bourdonnement d'un insecte. A présent tu vas tout apprendre, car dans la situation où nous nous trouvons ensemble, tu as dû perdre la tentation de me dénoncer. »

« Indigné de cette prise de possession de ma volonté, j'étais prêt à lui cracher mon mépris et mon dégoût, mais ma gorge, comprimée par la violence de mon indignation, laissa à peine sortir quelques sons inintelligibles. René se rassit à son établi, s'essuya le front et me parla ainsi :

« — Les médecins et les autres savants disent des choses bien surprenantes sur la singularité des goûts et des impressions de certaines femmes enceintes, ainsi que sur l'énergique influence que ces impressions passagères exercent sur l'enfant qu'elles portent. On m'a conté à propos de ma naissance une bizarre aventure arrivée à ma mère dans le premier mois de sa grossesse. Avec plusieurs de ses amies, elle alla à Trianon pour assister à une fête qui s'y donnait. Elle y avisa un jeune seigneur dont la chaîne étincelante de pierreries accapara toute son attention; le désir de posséder cette chaîne éblouissante lui devint une idée fixe et tout son être vibra de convoitise. Or, quelques années auparavant, alors qu'elle était encore jeune fille, ce même gentilhomme ayant tenté de faire échec à sa vertu, elle l'avait repoussé avec horreur. Quoique l'ayant reconnu, il lui sembla, sous le scintillement des feux de ses diamants, qu'il résumait le type de la beauté absolue dans une nature idéale. Le cavalier s'était approché de ma mère, il avait dû remarquer ses regards tout ardents de passion et penser qu'il serait plus heureux ce jour-là que jadis, car étant parvenu à l'écarter adroitement de ses amies, il la conduisit dans un lieu tout à fait écarté. Là, pendant qu'il la pressait avec transport dans ses bras, ma mère s'emparait avidement du merveilleux collier; mais dans l'instant il arriva que le galant s'effondra. Coup de sang ou autre accident, l'homme était mort. Ma mère avait été entraînée dans la chute et quelque efforts qu'elle fit, elle ne parvint point à se dégager des bras crispés et raidis de ce cadavre, dont les yeux ternes fixaient encore sur elle des yeux éteints. Pourtant, ses cris ininterrompus ayant attiré des promeneurs, elle fut enfin délivrée de cette monstrueuse étreinte amoureuse.

« Cette secousse terrible causa à ma mère une

grave maladie qui fallit l'emporter. Elle en guérit cependant et son accouchement fut plus heureux qu'il n'était à prévoir; mais l'épouvante de cette catastrophe funèbre avait réagi sur mon organisation. Ma mauvaise étoile s'était levée en allumant dans mon sein la plus fantasque et la plus misérable passion.

« Étant tout enfant, déjà les ornements et les pierres précieuses exerçaient sur moi un attrait irrésistible et plus tard, à l'âge de raison, je ne pouvais résister à la tentation de m'approprier les bijoux ou les diamants qu'on avait l'imprudence de laisser à ma portée. Cependant les châtiments de mon père et un peu la honte m'en firent perdre la manie. Toutefois, afin de satisfaire mon penchant pour ces brillants ajustements, j'embrassai le métier d'orfèvre. Mes progrès furent rapides et je ne tardai guère à y acquérir un talent supérieur. Malheureusement, à mesure que mon travail et mon goût s'épuraient, l'attrait inné que j'avais eu pour ces chatoyants ouvrages renaissait plus vivace que jamais en étouffant en moi tout autre sentiment.

« Ainsi, lorsque j'avais terminé un bijou et qu'il me fallait le livrer, j'étais pris d'une angoisse inexprimable, j'en rêvais nuit et jour, et la personne pour qui j'avais travaillé m'apparaissait sous la figure d'un spectre en même temps qu'une voix intérieure me disait : Mais cette agrafe, mais cette bague, c'est toi qui les as faites, elles sont à toi, pourquoi en parer un mort? Reprends-les donc!

« Obsédé de ces chimères et tenté du démon, je m'exerçai à des pratiques d'escroquerie, j'étudiai le jeu des serrures et bientôt elles n'eurent plus de secret dont je ne vinsse à bout. Par suite de mon facile accès dans les maisons de mes clients, les parures sorties de mes mains ne tardèrent pas à y revenir. Loin d'en éprouver du calme, mon agitation devint plus grande, et j'en arrivai à ressentir une haine profonde pour les personnes qui m'avaient commandé quelque parure. J'en frémissais d'horreur, mais je sentais s'éveiller en moi la soif de leur sang.

« Ce fut vers ce temps que je fis marché de cette maison avec son propriétaire. Nous étions tous deux assis dans cette chambre, vidant un flacon de vin pour sceller notre traité. La nuit étant venue, j'allais me retirer lorsque mon vendeur me retint en me disant : Maintenant, maître René, que la maison vous appartient, il faut que je vous en fasse connaître toutes les particularités. Alors il ouvrit cette armoire prise dans l'épaisseur du mur et en repoussa le fond, qui découvrit une trappe. Cette trappe soulevée, nous descendîmes un petit escalier aboutissant à un guichet qui s'ouvrait sur la cour. Il me la fit traverser et m'indiqua, dissimulé au-dessous d'une pierre faisant saillie, un bouton de fer qu'il pressa; immédiatement une partie de la muraille tourna en laissant voir une ouverture par laquelle un homme pouvait passer dans la rue. C'est un travail remarquable que tu verras, il est en bois; porte et statue sont recouvertes d'une couche de mortier pour leur donner l'apparence du mur dont elles font partie. Cela a été sans doute fait à l'usage des moines qui ont construit ce bâtiment, autrefois un couvent.

« Cette ingénieuse combinaison mécanique semblait avoir été appliquée là par avance, pour faciliter des méfaits dont les projets étaient encore confus dans mon esprit. Précisément, dans le temps où je pris possession de la maison, je venais de livrer à un seigneur de la cour de magnifiques boucles que je savais destinées à une danseuse de l'Opéra.

« Le démon ne manqua pas de saisir cette conjoncture pour achever de pervertir mon âme. Sa voix funeste sans cesse retentissait à mon oreille ; la nuit je n'avais plus de repos : fiévreux et haletant, je me roulais sur mon lit. Une de ces nuits sans sommeil, j'eus tout à coup le mirage de ce seigneur pénétrant chez sa danseuse avec ma parure. Exaspéré, je me lève et, mon manteau jeté sur les épaules, je sors de chez moi par la porte secrète. Inexplicable phénomène, il était là ! Je m'élance, le saisis par l'épaule, lui enfonce mon poignard au cœur, et avant qu'il ait touché la terre, les bijoux étaient à moi. Par un renversement diabolique de morale, ce premier crime accompli, j'entrai dans un état de quiétude que je n'avais jamais connu, la voix satanique se tut et les visions disparurent. Ma destinée m'était expliquée : il fallait obéir à ma mauvaise étoile ou périr.

« Maintenant que tu as le secret de ma conduite, ne va pas croire que parce que j'obéis à une volonté en dehors des choses naturelles, j'aie abdiqué tout sentiment humain. Au contraire, ma sensibilité n'en est que plus excessive. Tu as vu toi-même quelle répugnance j'éprouve à livrer mes travaux, et aussi que de fois j'ai refusé de satisfaire certaines personnes, que je me défendais ainsi de vouer à la mort. »

« Après m'avoir fait toutes ces confidences, René me conduisit dans un caveau secret où il enfermait sa superbe collection de joyaux. A chaque objet précieux était attaché un billet indiquant pour qui il avait été fait et par quel moyen il était revenu.

« — Le jour de ton mariage, me dit-il d'une voix austère, tu jureras sur le Christ de détruire tout ce trésor après ma mort; je ne veux pas qu'aucun de ceux que j'ai aimés recueille le fruit du sang. »

« En écoutant Cardillac me confier ses secrets je sentais que je me liais à ses crimes, et j'étais décidé à me soustraire à cette complicité par la fuite lorsqu'il fit cette allusion à mon prochain mariage avec sa fille. Au souvenir de Madelon, bonnes résolutions, bons sentiments, tout s'évanouit. Blâmez-moi, mais plaignez-moi, ne vais-je pas en mourir !

« Le temps de notre union était proche; un jour Cardillac rentra au moment du repas, rayonnant de gaieté. Il fit monter un flacon de vin vieux, ce qui n'arrivait qu'aux jours de grande fête; pendant le repas, il s'interrompait pour chanter et prodiguer des caresses à sa fille, enfin il était radieux. Madelon s'était levé de table et j'allais rentrer à l'atelier.

« — Pas de travail aujourd'hui, mon garçon, me dit-il, demeure assis et buvons un verre à la santé de la plus respectable dame de Paris; ce que nous fîmes; après quoi il reprit :

« — Dis donc, Olivier, comment trouves-tu ces vers :

Un amant qui craint les voleurs
N'est point digne d'amour?

« Puis il me répéta comment vous aviez été amenée

à dire ces vers au roi, ajoutant que depuis longtemps vous étiez l'objet de sa profonde admiration, et que vous pourriez posséder les plus beaux bijoux sortis de ses mains sans jamais le provoquer à une pensée homicide. « Écoute, Olivier, poursuivit-il, tu sais que je fis il y a longtemps déjà, un collier et des bracelets pour la princesse Henriette d'Angleterre, mais sa fin malheureuse me dispensa de livrer ce travail, le plus réussi qu'ait enfanté mon cerveau ; eh bien ! j'ai résolu de l'envoyer à Mlle de Scudéry, comme témoignage de reconnaissance au nom de la bande persécutée. En sorte que mon hommage au mérite de Mlle Scudéry sera en même temps une mordante épigramme contre Desgrais et ses compagnons. »

« Aussitôt que Cardillac eut prononcé votre nom, les riants souvenirs de mon enfance agitèrent mon âme d'une douce émotion et en chassèrent les sinistres pressentiments. Il s'aperçut de l'impression que j'avais reçue et l'interprétant à sa façon :

« — Mon projet te plaît, à ce que je vois, dit-il ; sache donc alors qu'une voix nouvelle, mais intime celle-ci, bien différente de cette autre voix affamée de sang, m'a suggéré cette entreprise : car parfois je pense avec terreur à ces crimes dont ma mauvaise étoile m'a conduit à être l'instrument et je tressaille de la crainte que mon âme immortelle qui n'y a pris aucune part, n'ait à en répondre éternellement. Sous l'empire de ces pensées, je m'étais promis de faire une couronne de diamants pour la Vierge de l'église Saint-Eustache, mais, chaque fois que j'essayais de m'en occuper, mes terreurs surgissaient avec plus de violence ; je dus y renoncer pour toujours. Je pense donc maintenant qu'en m'adressant à Mlle de Scudéry, en déposant aux pieds de cette personnification de la vertu sur la terre ma pieuse offrande, son intercession vivante sera plus efficace. »

« Ayant serré la parure dans un superbe écrin, Cardillac, très au courant des détails de votre vie, m'indiqua de quelle façon et à quel moment il fallait me présenter pour vous la remettre. Et moi, transporté de joie, je remerciai le ciel qui m'envoyait l'occasion de me retirer de cet enfer ; ma pensée, tout autre que celle de maître René, était de ne me présenter à vous que comme l'enfant de votre protégée, le fils d'Anne Brusson, et puis de tout vous avouer. J'étais convaincu que, dans votre clairvoyante sagesse, vous deviez trouver les moyens d'arrêter le cours des scélératesses de Cardillac, sans le perdre.

« Vous vous souvenez, mademoiselle, que je ne pus vous approcher la nuit où je me présentai, mais j'espérai mieux réussir une autre fois. Malheureuse ment Cardillac ne se maintint pas dans ses dernières résolutions; son caractère s'assombrit de nouveau. On le voyait errer l'œil farouche, prononçant des mots sans suite et semblant chasser de la main quelque vision importune. Il arriva une fois que, la matinée s'étant passée dans une agitation des plus violentes, il se mit enfin devant son établi, mais il n'y put rester et, comme il s'approchait de la fenêtre, je l'entendis murmurer d'une voix étranglée :

« — N'aurait-il pas mieux valu que ma parure fût allée à Mme Henriette ?

« Saisissant avec épouvante le sens de ces paroles, je compris qu'il était retombé sous l'empire de ses visions sanguinaires, et que vos jours étaient menacés si vos bijoux ne revenaient pas en sa possession. D'heure en heure le danger devenait plus pressant; je préparai alors le billet que je cherchais le moyen de vous faire tenir quand j'eus le bonheur de vous rencontrer sur le Pont-Neuf, et je le jetai dans votre carrosse.

« Ne vous ayant pas vue venir à l'appel que je vous faisais, je fus pris d'un désespoir d'autant plus grand que le lendemain Cardillac revint encore sur cette funeste parure, qui, disait-il, l'avait tourmenté dans son sommeil. Je jugeai qu'il méditait votre meurtre peut-être même pour la nuit prochaine.

« Dût-il y périr lui-même, je me jurai de vous

sauver. Après la prière du soir, quand chacun se fut retiré, je descendis dans la cour par une croisée, et usant de la porte secrète je sortis de la maison, puis je me cachai à quelque distance. Cardillac ne tarda guère à paraître et il descendit la rue d'un pas agile. Je le suivais depuis un instant, lorque je le perdis de vue. Comme c'était vers la rue Saint-Honoré qu'il se dirigeait, je pris le parti de courir vers votre maison pour le devancer, mais tout à coup, ainsi que la première fois que je lui vis commettre un assassinat, près de moi passa un officier en fredonnant; il m'avait à peine dépassé qu'une ombre se détache et se précipite sur lui. Pour empêcher un nouveau crime, je pousse un cri retentissant, en deux bonds je suis à eux : l'officier était debout, et c'est Cardillac qui tombait frappé à mort. Cet officier, me prenant pour un complice, se préparait à la défense. Quand il vit que je ne m'occupais que de l'homme qui râlait, il jeta son poignard et s'enfuit au plus vite. Je ramassai ce poignard pour ouvrir le vêtement de Cardillac et examiner sa blessure. Comme il respirait encore, je le chargeai comme je pus sur mon dos et je rentrai chez lui par le passage de la niche. Vous savez le reste.

« Je n'ai commis d'autre faute que celle de n'avoir pas dénoncé Cardillac et mis un terme à ses forfaits, mais aucune torture ne m'en arrachera le secret. Si la sagesse divine a voulu que la pure enfant, qui est sa fille, en demeurât ignorante, serait-ce donc à moi de troubler pour jamais le calme de ses jours et le respect de ses croyances? Non, car son désespoir serait sans remède, et je préfère choisir la dernière espérance d'être pleuré comme une victime innocente par la bien-aimée de mon cœur.

Olivier, étouffé par les larmes, se tut un instant et, se mettant aux genoux de Mlle de Scudéry, lui dit en suppliant :

— Vous devez être convaincue de mon innocence. Par pitié, je vous en conjure, parlez-moi de Madelon.

Mlle de Scudéry donna ses ordres à La Martinière et peu après Madelon s'élançait dans les bras d'Olivier. D'abord ils ne purent parler. Suffoqués d'une joie immense, leurs yeux remplis de larmes se tournaient avec la plus candide expression de reconnaissance du côté de Mlle de Scudéry, puis ils s'embrassèrent encore et pleurèrent du bonheur d'être enfin réunis. Ils oubliaient tout, le passé, même le présent, et ne songeaient plus à l'avenir, ce qui fit dire à la digne demoiselle qu'un cœur pur peut seul jouir d'une aussi heureuse insouciance.

Le jour blanchissait déjà les fenêtres; Desgrais vint annoncer qu'il était temps d'emmener Olivier Brusson si on voulait éviter du scandale. Les deux amants durent se quitter.

VIII

MADEMOISELLE DE SCUDÉRY était en admiration devant le stoïcisme du fils de sa chère Anne, qui préférait périr ignominieusement plutôt que révéler un secret dont sa tendre Madelon serait morte, mais elle était déterminée à toutes les tentatives pour arrêter l'exécution d'une aussi criante injustice. Elle fatigua son esprit en mille combinaisons impossibles à mettre en action et qu'elle rejetait tour à tour. Elle désespérait de réussir, mais les marques de confiance que Madelon lui témoignait, la sereine sécurité dans laquelle elle attendait le retour de son fiancé réhabilité de tout soupçon, lui rendit un nouveau courage.

Sa première pensée fut de s'adresser encore au président La Reynie ; elle lui écrivit une lettre fort longue où elle déploya toute l'éloquence de son âme généreuse pour le gagner à sa conviction de l'innocence de Brusson, lui certifiant sur son honneur qu'elle lui avait été démontrée de la façon la plus persuasive et qu'il avait gardé son secret devant ses juges parce qu'il entraînerait sûrement la perte de la vertu la plus pure.

Presque aussitôt La Reynie lui répondit qu'il éprouvait une grande joie d'apprendre que Brusson s'était lavé de toute culpabilité auprès de sa haute et vénérable protectrice, qu'il admirait comme elle l'héroïsme d'Olivier de ne vouloir révéler qu'à la tombe le secret qui le justifiait, mais qu'il avait le chagrin de lui annoncer que la Chambre ardente était hors d'état d'apprécier la grandeur de son sacrifice, que loin de là il avait le devoir de le détourner de sa résolution par les moyens les plus persuasifs et qu'avant trois jours il comptait bien être à même d'apprécier la valeur de ce merveilleux secret.

Les moyens persuasifs de La Reynie, c'était le supplice de la question. Mlle de Scudéry le comprenait bien ; elle comprenait bien aussi que, s'il existait des moyens d'obtenir un délai, ils ne pouvaient lui être révélés que par un jurisconsulte. Elle se rendit donc chez Pierre-Arnaud d'Andilly, célèbre avocat de Paris, aussi honorable par sa loyauté que par sa profonde érudition. Il l'écouta avec calme lui dire tout ce qu'elle pouvait révéler d'Olivier sans en violer le secret et lui répondit par ce vers décourageant de Boileau :

Le vrai peut quelquefois n'être pas vraisemblable

et lui en développa l'idée en lui montrant que tout ce qu'invoquait Brusson se tournait contre lui-même ; que comme avocat il ne croyait pas que la défense la plus subtile sauverait son client de la torture qui lui arracherait peut-être son secret, tandis que, s'il voulait se résoudre à exposer fidèlement les circonstances du meurtre de Cardillac, on sursoirait pour de nouvelles informations.

— Puisque vous ne pouvez le secourir, dit Mlle de Scudéry, accablée d'affliction, je vais me jeter aux pieds du roi, implorer sa miséricorde.

— Ne le faites pas, au nom du ciel ! Si votre prière était repoussée, vous n'auriez plus à y recourir. Gardez cette tentative comme dernière branche de salut. Si par le moyen que je vous ai indiqué ou tout autrement Brusson arrivait à mettre en doute les soupçons qui l'accablent, le moment serait venu de solliciter sa grâce du roi, qui pourra le prendre en pitié d'après son impression personnelle sans s'inquiéter des formes juridiques.

Quelque désolée qu'elle en fût, Mlle de Scudéry avait dû se rendre aux conseils d'Andilly. Retirée dans sa chambre, elle s'en remettait à la Vierge et aux saints du salut de son intéressant protégé, quand La Martinière vint la prévenir qu'un colonel de la garde, le comte de Miossens, demandait instamment à lui parler.

— Veuillez excuser, mademoiselle, la liberté que je prends de venir vous importuner, dit le colonel en saluant, mais je suis sûr que mon excuse vous agréera : je viens pour Olivier Brusson.

— Olivier! oh! parlez, monsieur, parlez, que savez-vous de lui?

— J'avais bien raison, reprit M. de Miossens en souriant, d'être convaincu de la bienveillance de votre accueil. Je sais que personne ne met en doute la culpabilité de Brusson; je sais également que vous avez une conviction contraire, mais basée seulement sur ses dénégations. Quant à mon opinion personnelle, la voici.

« Personne mieux que moi ne peut être aussi absolument certain que Brusson est innocent de la mort de Cardillac.

— Dites, dites! supplia Mlle de Scudéry ravie.

— C'est moi, moi-même! accentua le colonel, qui non loin d'ici, rue Saint-Honoré, ai tué le vieil orfèvre.

— Oh!

— Et j'en suis fier. Sachez que ce vil hypocrite était le seul fauteur de tous les vols et agressions qui furent attribués à une bande organisée. Un jour qu'il m'apportait un ajustement de dame que je lui avais commandé, je fus frappé, sans m'en expliquer le motif, des vaines explications qu'il me donnait sur son travail, en le posant et le reprenant tour à tour. C'était comme une hésitation à me le laisser et à le retirer. Mais, où je commençai à avoir des soupçons, c'est lorsque j'appris de mon valet de chambre que Cardillac s'était informé auprès de lui à quelle personne cette parure était destinée et à quel moment j'avais coutume de me rendre chez elle. — Dès les premières agressions dont on commença à s'émouvoir, j'avais observé l'identité des blessures dont les victimes avaient été atteintes; il était donc probable que la même main les avait faites. Or, si ma prévision était exacte, l'assassin, confiant dans ce coup qui lui avait toujours réussi, devait être démonté s'il rencontrait un obstacle. Dès lors, on avait le temps de se défendre. Donc, en prévision d'une attaque semblable, je ne sortais plus, la nuit venue, qu'après avoir attaché une légère cuirasse sous ma veste. C'est grâce à cette précaution que je peux vous raconter aujourd'hui que, Cardillac m'ayant saisi par derrière avec une vigueur peu commune, il me frappa au cœur d'une main assurée, mais, sa lame ayant glissé sur le fer, j'usai de réciproque et je le poignardai.

— Et vous n'en avez rien dit! Vous n'avez pas fait de déclaration à la justice?

— Pardon, mademoiselle, mais, si j'avais été dénoncer celui que l'on croyait être le vertueux, l'honnête, l'inoffensif Cardillac, n'aurait-on pas cru peut-être le contraire ?

— Oh ! avec votre nom, dans votre condition !

— Rappelez-vous le maréchal de Luxembourg, poursuivit M. de Miossens, ne l'envoya-t-on pas à la Bastille, accusé d'empoisonnement, sur la simple donnée qu'il avait fait tirer son horoscope par Lesage ? Non, par saint Denis, je ne mettrais pas une heure de liberté, pas un ongle de la main à la merci du soupçonneux et féroce La Reynie qui nous mettrait tous à la question ordinaire et extraordinaire, s'il le pouvait.

— Ainsi vous laisseriez l'innocent Brusson monter au supplice ?

— Qui appelez-vous innocent ? répliqua le colonel. Le complice de Cardillac ? Celui qui a participé à tous ses crimes ? Mais il a mérité cent fois la mort et il est justement puni. Si je vous ai révélé la vérité, ce n'est qu'en votre considération, parce que vous vous y intéressez, et j'ai pensé que, sans me compromettre, vous pourriez vous servir de ma révélation pour faire modifier la décision de ses juges.

M. de Miossens, venant de confirmer à Mlle de Scudéry la partie du secret qu'Olivier tenait le plus à celer, c'est-à-dire l'infamie de Cardillac, il aurait été puéril de lui cacher ce qui innocentait Brusson. Mlle de Scudéry l'instruisit donc de tout ce qu'il ignorait encore et le décida à l'accompagner chez d'Andilly, à qui on demanderait de nouveaux conseils pour cette nouvelle situation.

L'avocat se fit répéter les moindres circonstances, les plus petits détails, et insista surtout auprès du comte pour savoir s'il était convaincu d'avoir eu affaire à Cardillac et s'il reconnaîtrait Brusson.

— Non seulement j'ai reconnu l'orfèvre, fortement éclairé par la lune à ce moment-là, lui répondit M. de Miossens, mais j'ai pu voir chez La Reynie le poignard qui l'a frappé et ce poignard est bien le mien, très reconnaissable qu'il est, du reste, par les ciselures de sa poignée. En ce qui concerne Brusson, l'ayant vu à un pas de moi, dépouillé de son chapeau qui était tombé à terre, certainement je le reconnaîtrai.

Après quelques instants de méditation, d'Andilly émit l'avis qu'il ne fallait pas compter sauver Olivier par les voies ordinaires ; même après un aveu complet de la vérité, il pourrait toujours être jugé comme complice. Ce qu'il fallait chercher à obtenir, c'était un délai. Ainsi, que le colonel se fasse autoriser à voir Brusson dans sa prison ; qu'il constate que c'est bien par lui qu'il a vu relever Cardillac. Alors il ira déclarer au président du tribunal que tel jour, à telle heure, il a vu assassiner un homme et qu'un autre homme s'élança vers le cadavre, le prit, le chargea sur ses épaules et l'emporta. Et il ajoutera que cet homme, il vient de le reconnaître dans Olivier Brusson. Après une telle déclaration, Brusson sera nécessairement interrogé de nouveau, puis confronté avec M. de Miossens; enfin, c'est une enquête à recommencer, et la torture est différée. Ce sera le moment de faire intervenir la clémence royale, et c'est à vous, mademoiselle, qu'incombe le soin de cette démarche délicate.

Le conseil d'Andilly fut suivi par M. de Miossens, et il en arriva ce qu'il avait prévu.

Elle écrivit une lettre fort longue.

BIBLIOTH. NATIONALE R.F.

IX

La mission que Mlle de Scudéry devait accomplir auprès du roi était le point le plus ardu; car le roi avait une telle horreur des assassins qu'il ne tolérait jamais qu'on fît allusion à leur procès ou qu'on prononçât leur nom en sa présence. Il ne fallait pas non plus compter sur l'aide de Mme de Maintenon, qui s'était fait une règle de ne jamais entretenir Sa Majesté de choses désagréables.

Voici comment s'y prit Mlle de Scudéry : elle se para des bijoux donnés par Cardillac, étant vêtue d'une robe entièrement noire, s'enveloppa d'un voile de même couleur et se fit conduire chez Mme de Maintenon à l'heure où s'y rendait le roi. Dans ce costume solennel, la noble demoiselle avait grande majesté; on se rangeait sur son passage. Le roi même lui vint au-devant et, voyant les pierreries merveilleuses de sa parure, il s'écria :

— Mon Dieu! ne sont-ce pas le collier et les

bracelets de Cardillac? et s'adressant à Mme de Maintenon :

« Mais voyez donc, madame la marquise, notre belle orfèvre porte le deuil de son époux.

— Ah! Majesté, se récria Mlle de Scudéry donnant suite au badinage du roi, serait-il séant qu'une veuve éplorée se parât de façon aussi superbe? J'ai renoncé à cette singulière alliance et j'aurais tout à fait oublié cet homme sans le ressouvenir que j'ai parfois du spectacle déchirant qui me frappa quand je vis passer son cadavre.

— Vraiment! vous avez vu ce pauvre diable? demanda le roi.

Sans faire en commençant d'allusion à Olivier, Mlle de Scudéry raconta en peu de mots comment elle s'était trouvée par hasard devant la demeure de Cardillac, précisément quand son meurtre fut découvert. Elle décrivit l'excessif désespoir de Madelon, l'impression qu'elle en ressentit et comment elle l'avait soustraite aux entreprises de Desgrais. Elle parla ensuite de ses entrevues avec La Reynie, de Miossens, Desgrais et même celle avec Olivier, mais, par l'émotion de sa voix, la chaleur de son discours, elle donnait un tel intérêt à son récit que le roi, oubliant qu'il s'agissait du procès de cet odieux Brusson, écoutait avidement en donnant des marques d'une vive agitation intérieure. Avant qu'il pût se reprendre, Mlle de Scudéry tombait à ses pieds, implorant la grâce d'Olivier.

Absolument surpris, le roi la releva d'abord et lui dit enfin :

— Vous m'avez étrangement ému, mademoiselle, mais qui dira si Brusson fut sincère dans cette histoire extraordinaire ?

— La déclaration du colonel de vos gardes, sire, répondit-elle aussitôt, les recherches à faire dans la demeure de René, et ne faut-il pas compter la conviction intime qui s'élève du cœur pur de la vertueuse Madelon ?

Le roi demeura silencieux, se leva, fit quelques pas et se rapprocha de Mlle de Scudéry à qui il dit à mi-voix sans la regarder :

— Je voudrais voir cette intéressante orpheline.

— Ah! sire, il vous suffit d'en exprimer le désir pour qu'en un instant elle soit à vos pieds.

Mlle de Scudéry se dirigea aussi vite que son âge le lui permettait, vers la porte d'où elle cria vers le dehors, que Sa Majesté faisait demander Mlle Madelon Cardillac.

D'Andilly avait prévu cette curiosité du roi et il avait rédigé une courte supplique, pour lui remettre en cette occurrence. Munie de cette adresse, Madelon attendait, chez une des femmes de chambre de la marquise. Peu d'instants après, elle était aux genoux du roi, tremblante et troublée. Ce milieu imposant et nouveau pour elle, la crainte, l'inquiétude, donnaient à son cœur des mouvements désordonnés, et soulevaient son sein qu'arrosaient des larmes brûlantes.

Sa magnifique beauté produisit une vive impression sur le roi, qui fit un mouvement comme pour baiser sa main qu'il avait prise en la relevant, mais il l'abandonna en attachant sur elle un long regard qui reflétait son émotion intérieure. Mme de Maintenon murmura à l'oreille de Mlle de Scudéry :

— Mais c'est la vivante image de Mlle de La Vallière que cette petite, elle enivre le cœur du roi des plus doux souvenirs. Elle a gagné sa cause.

Quoique dite à voix basse, le roi parut avoir entendu ces paroles, car il rougit. Il lut le placet de Madelon, puis lui dit d'un ton bienveillant :

— Je n'ai pas de peine à croire que tu sois pénétrée de l'innocence de ton bien-aimé, ma chère enfant, mais nous devons connaître ce qu'en aura décidé la Chambre ardente.

Et d'un mouvement caressant de la main il la congédia.

Ce souvenir de Mlle de La Vallière qui venait d'être évoqué avait fortement agi sur le roi. Pourtant Mlle de Scudéry ne remarqua pas sans appréhension que, lorsque le nom en fut prononcé par

Mme de Maintenon, l'esprit du roi sembla s'en assombrir. Sa pensée le conduisait-elle dans la cellule des carmélites où sœur Louise de la Miséricorde faisait pénitence ? On demeurait-il en crainte de fausser la justice au profit de la beauté ? Il n'en demeurait pas moins sous une fâcheuse impression.

Tout nouvel effort devenait inutile, il n'y avait plus qu'à attendre la manifestation de la volonté royale.

X

Un grand mouvement de sympathie en faveur d'Olivier Brusson commençait à se faire dans le public ; de criminel, il passait martyr. Ce revirement avait pour cause la déclaration que M. de Miossens avait faite devant la Chambre ardente, et qui, une fois connue, avait entraîné la foule, comme il arrive toujours, d'un excès dans un autre. Les anciens voisins de Brusson, n'ayant plus la crainte de se compromettre, voulurent bien se souvenir de sa conduite exemplaire, de sa fidélité, de son honneur, de son dévouement, et de bien d'autres choses encore. Ils auraient même inventé de nouvelles vertus domestiques pour l'en parer. Il arriva au peuple de s'attrouper devant l'hôtel de La Reynie, et d'y faire des protestations qui ne s'arrêtaient pas toujours à l'état de menaces, car plusieurs fois des pierres y furent lancées dans les fenêtres. Cette même foule qui jadis réclamait avec les mêmes cris Brusson pour en faire justice elle-même, menaçait d'envahir l'hôtel de La Reynie, si on ne ne le rendait pas à la liberté.

Mlle de Scudéry ne pouvait se résoudre à attendre dans l'inaction la sentence royale. Depuis plusieurs jours sans aucune nouvelle, elle se rendit, très inquiète, chez Mme de Maintenon qui ne put que lui dire que le roi, jusqu'ici, était resté absolument muet sur l'affaire qui lui tenait au cœur. Elle lui demanda ce qu'elle faisait de sa petite La Vallière, en appuyant singulièrement sur ce nom. Ceci donna à penser à Mlle de Scudéry que l'orgueilleuse marquise éprouvait du dépit de cette resssemblance qu'elle-même avait signalée, et qu'il faudrait moins que jamais compter sur son intercession.

Alors elle tourna son activité du côté de d'Andilly. Là elle fut plus heureuse et s'il ne put préjuger des dispositions du roi, dans le procès de Brusson, du moins lui apprit-il qu'il n'y était pas demeuré indifférent. Elle sut ainsi que Sa Majesté n'avait pas dédaigné d'avoir un entretien secret avec M. de Miossens, que Bontemps son valet de chambre, avait visité Olivier à la Conciergerie, que Bontemps encore s'était rendu de nuit, avec d'autres personnes, à la maison de la rue Saint-Nicaise et y était demeuré longtemps. Le locataire du bas, Claude Patru, avait raconté qu'il avait entendu marcher de chambre en chambre toute la nuit et qu'on était aussi descendu dans les caves et qu'Olivier devait aussi s'y trouver, car il avait parfaitement reconnu le son de sa voix. Il est évident que le roi avait ordonné cette enquête personnellement pour se faire une conviction. Il était donc surprenant que l'arrêt ne fût pas encore rendu. La Reynie ne devait pas être étranger à ce retard. Cette crainte empoisonnait les espérances auxquelles on osait à peine se livrer.

Un mois tout entier s'était déjà écoulé quand enfin le roi fit prévenir Mlle de Scudéry par l'entremise de Mme de Maintenon qu'il désirait la voir le soir même chez la marquise.

Le sort d'Olivier allait donc être décidé ; dans son espoir elle aurait voulu que ce fût sur l'heure. Quand ses appréhensions reparaissaient, elle eût souhaité que le moment n'en vînt jamais. Elle fit part de la nouvelle à Madelon, qui se mit en prières.

Que cette journée fut longue ! Mlle de Scudéry ne vivait plus. Le soir vint pourtant, mais on aurait cru que le roi avait tout oublié ; comme à son habitude, il adressa des propos aimables à Mlle de Scudéry et s'occupa de choses galantes avec Mme de Maintenon. Il ne semblait pas qu'il se préoccupât beaucoup du pauvre Brusson. A un moment parut Bontemps. Il s'approcha et vint dire, à voix basse, quelques paroles au roi, qui regarda Mlle de Scudéry pendant ce temps-là. Elle en frissonna intérieurement, la vie lui sembla se retirer d'elle. Mais le roi se leva, vint près d'elle et la saluant d'un doux et faible mouvement de la tête, il lui dit :

— Je vous félicite, mademoiselle, votre protégé, Olivier Brusson, est libre !

Mlle de Scudéry, brisée d'émotion, suffoquée par les larmes qu'elle ne put retenir et incapable de prononcer une parole, allait se laisser tomber aux pieds du roi. Celui-ci la retint et ajouta :

— Mais vraiment, mademoiselle, vous devriez être mon avocat au parlement pour y défendre nos causes. Par saint Denis, personne ne résisterait à votre éloquence. Pourtant, continua-t-il d'un ton plus sérieux, la vertu seule n'est pas toujours un abri suffisant contre une injuste accusation auprès de la Chambre ardente, ni devant aucune justice humaine.

Mlle de Scudéry s'était remise, elle recouvra la parole pour exprimer avec entraînement toute sa reconnaissance. Le roi l'interrompit en lui faisant remarquer que chez elle l'attendaient des remercîments autrement mérités que ceux qu'elle croyait lui devoir, puisque déjà peut-être le trop heureux Olivier tenait dans ses bras sa bien-aimée Madelon.

— Bontemps vous remettra mille louis, dit le roi en terminant. Donnez-les en mon nom pour dot à la petite. Qu'elle épouse son Olivier, qui n'aura jamais trop payé un pareil bonheur ; mais qu'aussitôt tous deux quittent la ville. C'est ma volonté.

Mlle de Scudéry trouva à sa porte La Martinière accompagnée de Baptiste qui accouraient à sa rencontre :

— Il est arrivé ; il est ici, lui crièrent-ils ensemble, il est libre ! Venez, venez.

Puis apparut le couple heureux et joyeux ; Mlle de Scudéry le reçut dans ses bras.

— Soyez bénie, vous qui m'avez rendu mon époux, lui dit Madelon.

— Ma mère, repartit Olivier ; ma mère, vous avez comblé mon espoir ; ma confiance en vous n'avait jamais failli. Et tous deux l'accablaient de baisers reconnaissants ; puis ils se jetèrent encore dans les bras l'un de l'autre, protestant que la joie ineffable de ce seul instant anéantirait à jamais les souffrances excessives du passé, et jurant que la mort même ne les séparerait pas.

Leur union fut consacrée peu de jours ensuite. Lors même qu'il n'en eût pas été ordonné ainsi par le roi, Brusson aurait quitté Paris de sa seule volonté. Tout, ici, lui rappelait des souvenirs épouvantables, et d'ailleurs son secret, connu maintenant d'un assez grand nombre de personnes, pouvait par une particularité imprévue être rendu public, et la paix, le bonheur de son existence étaient perdus pour toujours.

Comblé des caresses et des bénédictions de Mlle de Scudéry, il partit pour Genève avec la jeune femme immédiatement après son mariage.

L'aisance que lui procura la dot de Madelon jointe à son habileté dans son art et à ses qualités personnelles lui permirent de réaliser le rêve de bonheur que son malheureux père avait poursuivi jusqu'à la fin de ses jours sans l'atteindre. Il vécut heureux, exempt de tous soucis.

En l'année 1682, il fut publié en France un avis signé de Harlay de Champvallon, archevêque de Paris et par Pierre-Arnaud d'Andilly, avocat au Parlement, annonçant qu'un pêcheur repentant, avait, dans sa dernière confession, légué à l'Église un trésor de diamants et de bijoux volés, et que ceux à qui aurait été soustraite quelque parure, surtout à l'aide d'une attaque nocturne sur la voie publique, jusqu'à la fin de l'année 1680, pouvaient se présenter chez d'Andilly qui leur rendrait celles dont ils pourraient donner une description exacte, si aucun doute ne s'élevait contre la légitimité de leurs réclamations.

Beaucoup de ceux qui étaient inscrits sur les notes de Cardillac comme n'ayant point été tués, mais seulement étourdis par un coup violent, se présentèrent chez l'avocat au Parlement qui, à leur grande surprise, leur remit les bijoux qui leur avait été soustraits. Ceux qui ne furent point réclamés grossirent le trésor de l'église Saint-Eustache.

BIBLIOTHÈQUE NATIONALE R.F. IMPRIMÉS

TABLE DES CHAPITRES

BIBLIOTHÈQUE NATIONALE
IMPRIMÉS
R.F.

Sceaux. — Imp. Charaire et Cie.

www.ingramcontent.com/pod-product-compliance
Ingram Content Group UK Ltd.
Pitfield, Milton Keynes, MK11 3LW, UK
UKHW031916260826
14628UKWH00003B/1220

9 782019 126322